U0141314

非常感謝您拿起這本書翻閱。N4 程度是日語學習的基礎階段。以 N4 的學習重點來說，單字學習是不用說，另外還必須要學習許多的動詞變化、文法、各種詞性的概念或是使用方式。

若到 N4 的基礎概念都能學習好，您就可以達到理解基本日文內容的能力。另外，接下來想要學習旅遊會話或是生活會話的人，或是想要繼續學習 N3-N1 的時候都能夠更順利地學習吧！

本書整理成只要順著學習計畫，20 天就能學習或是複習完 N4 必備文法及概念。希望您透過這本書，能把 N4 基礎複習好，並協助您掌握日文的基礎概念。

この度は本書を手に取っていただき、誠にありがとうございます。N4 レベルは日本語学習の基礎の段階であります。N4 の学習重点として、単語はもちろんのこと、その他にたくさんの動詞活用、文法、各品詞の概念や使い方などを学習します。

N4 までの基礎概念がしっかりしていれば、基本的な日本語が理解できるまでの能力に達します。また、これから旅行会話や生活会話などを学習したい方や続けて N3 〜 N1 レベルを学習したい際にも更にスムーズに学習できることでしょう。

本書は学習計画に沿って行えば、20 日間で N4 文法及び基礎概念を復習できるようにまとめ上げました。この本を通して、N4 の基礎をしっかり復習し、日本語の基礎概念の把握の一助となりましたら幸いです。

2024 年 7 月

目次

Day13 ｜ N4 必懂「副詞」用法（一）

Day14 ｜ N4 必懂「副詞」用法（二）

Day 01 動詞ます

有些參考書會以「動詞ます形」的方式表示，但本書都以「動詞ます」的方式呈現。

句型 1：〜ながら、〜【邊〜邊〜】

> **動詞₁ます　＋　ながら、動詞₂。**

📍 表示一邊做前項的事，一邊做後項的事。通常前項為順便或附帶的動作，後項為主要動作。

---

① **アルバイトをしながら、大学で勉強しています。**

　邊打工邊在大學讀書。（＊半工半讀之意。）

② **毎晩歌を歌いながら、お風呂に入ります。**

　我每天晚上都邊唱歌邊洗澡。

句型 2：〜なさい【（給我）去做〜】

> **動詞ます　＋　なさい。**

📍 表示教育上的命令。常用於老師或父母教育學生或孩子，考卷題目上的指示等等。雖然也是下指示，但跟命令形相比語氣再緩和一點。

---

① **晩ごはんを食べ終わったら、早く宿題をしなさい。**

　吃完晚餐後快點去寫作業。

② **正しい答えに丸をつけなさい。**

　在對的答案上打圈。

句型 3：～過_すぎる【太～】

> 動詞ます
> い形容詞い　　＋　　過ぎます。
> な形容詞

📍 表示行為或狀態的程度，已超過一般程度或超過可容許、可接受的範圍。

---

① ご飯_{はん}を食_たべすぎました。

　　吃太多飯了。

② この寿司_{すし}はおいしすぎます。

　　這個壽司太好吃了。

句型 4：～そうだ【看來～／看起來～】

> 動詞ます
> い形容詞い　　＋　　そうです。
> な形容詞

📍 前項接動詞時表示從目前眼前看到的訊息來對接下來發生的事進行推測。前項接形容詞時表示雖然還是不知道實際狀況，但外觀看起來是某樣子或某狀態。

---

① 空_{そら}が暗_{くら}くなりましたね。雨_{あめ}が降_ふりそうです。

　　天空變暗了呢！看來要下雨了。

② このケーキはおいしそうです。

　　這個蛋糕看起來很好吃。

句型 5：〜やすい／にくい【容易〜／不容易〜】

動詞ます	+	やすいです。 にくいです。

此句型敘述難易度或傾向。「〜やすいです」表示容易做或容易發生某事，而「〜にくいです」表示不容易做或不容易發生某事。前項動詞可接「意志動詞」或「無意志動詞」，接「意志動詞」時表示難易度或評價，也就是說對某事物做某種行為後有某種評價。而接「無意志動詞」時表示傾向或性質，也就是敘述某事物本身具有某種傾向或性質。

---

① このくつは履きやすいです。

這雙鞋子很好穿。

② 人の性格は変わりにくいです。

人的個性不容易變。

句型 6：お〜になります

お	+	動詞ます	+	になります。

表示對自己地位高的人或長輩等做的動作表示敬意。表示尊敬語。第二類動詞（上下一段動詞）的單音節動詞（ます前面只有一個字的動詞）以及第三類動詞（カ變サ變）不能用。

＊尊敬語詳細內容請翻閱至 Day11。

---

① 課長はもうお帰りになりました。

課長已經回家了。

② 社長はお出かけになりました。

社長已經出門了。

句型 7：お〜ください【請您〜】

お ＋ 動詞ます ＋ ください。

表示用尊敬的方式請對方做某事。第二類動詞（上下一段動詞）的單音節動詞（ます前面只有一個字的動詞）以及第三類動詞（力變サ變）不能用。

＊尊敬語詳細內容請翻閱至 Day11。

① どうぞこちらにおかけください。
　　請您坐這裡。

② こちらにお名前とご住所をお書きください。
　　請您把名字和地址寫到這裡。

句型 8：お〜します【我來做〜】

お ＋ 動詞ます ＋ します。

表示用矮化自己（謙虛）的方式敘述自己要為對方做某事。第二類動詞（上下一段動詞）的單音節動詞（ます前面只有一個字的動詞）以及第三類動詞（力變サ變）不能用。

＊謙讓語詳細內容請翻閱至 Day11。

① 明日資料をお送りします。
　　我明天會寄資料給您。

② お茶をお入れします。
　　我來給您泡茶。

練習問題

① おみやげを ＿＿＿＿すぎて しまいました。
　　1. かい　　　　2. いき　　　　3. はしり　　　　4. でかけ

② あした 空港まで お＿＿＿＿します。
　　1. はいり　　　2. おくり　　　3. かえり　　　　4. まわし

③ これから だんだん あつく ＿＿＿＿そうですね。
　　1. なろう　　　2. なって　　　3. なる　　　　　4. なり

④ こらっ、太郎。 早く ＿＿＿＿なさい。学校に おくれるわよ！
　　1. 起きて　　　2. 起きた　　　3. 起き　　　　　4. 起きよう

⑤ ニューヨークは 物価が たかくて、 すみ＿＿＿＿です。
　　1. やすい　　　2. にくい　　　3. ながら　　　　4. そう

⑥ 先生は 新しいパソコンを お＿＿＿＿に なりました。
　　1. あい　　　　2. たべ　　　　3. かい　　　　　4. よみ

⑦ どうぞ 会議室に お＿＿＿＿ください。
　　1. さがし　　　2. はじめ　　　3. かけ　　　　　4. はいり

⑧ その件については ＿＿＿＿ながら、話しませんか。
　　1. 食事する　　2. 食事して　　3. 食事し　　　　4. 食事

解答與題目中譯

①	②	③	④	⑤	⑥	⑦	⑧
1	2	4	3	2	3	4	3

【題目中譯】

① お土産を買いすぎてしまいました。
不小心買太多伴手禮了。

② 明日空港までお送りします。
我明天送您到機場。

③ これからだんだん暑くなりそうですね。
接下來看來會漸漸變熱呢！

④ こらっ、太郎。早く起きなさい。学校に遅れるわよ。
誒！太郎！快起床。上課要遲到了喔！

⑤ ニューヨークは物価が高くて、住みにくいです。
紐約的物價很貴，不好居住。

⑥ 先生は新しいパソコンをお買いになりました。
老師買了新的電腦了。

⑦ どうぞ会議室にお入りください。
請您進入會議室。

⑧ その件については食事しながら、話しませんか。
關於那件事要不要邊吃飯邊聊呢？

Day 02 # 動詞て形（1）

「動詞て形」意思就是把動詞變成「～て」或是「～で」結尾的型態。て形本身沒有時態。「て形」可以搭配句型產生新的用法跟意思。

【動詞て形的變化方式】

動詞類別	動詞ます	音便種類	音便規則			動詞て形
I	書きます 急ぎます	い音便	き ぎ	→ →	いて いで	書いて 急いで
	使います 持ちます 作ります	促音便	い ち り	→	って	使って 持って 作って
	死にます 休みます 運びます	撥音便／鼻音便	に み び	→	んで	死んで 休んで 運んで
	貸します	無音便	し	→	して	貸して
	行きます	特殊變化	直接背起來			行って
II	食べます 見ます	ます → て				食べて 見て
III	します 来ます	ます → て				して 来て

句型1：～て～（並行動作）

> **動詞₁て形＋動詞₂。**

📍 表示前後兩項動作是同時並行發生的動作。

---

① **最近はクーラーをつけて寝ています。**

最近都開著冷氣睡覺。

② **傘をさして歩きます。**

撐著傘走路。

句型 2：～て、～ （表示原因）【因為～所以～】

動詞て形
い形容詞いくて
な形容詞で   ＋ （、）～。
名詞で

📍 表示因為前項的原因，所以有後項的結果或事情。後項不能接意志動詞，要接無意志動詞、
可能動詞、跟感情有關的詞之類的。否定的理由請參考 Day5。

---

① 今朝の地震のニュースを見て、びっくりしました。

因為看到今天早上地震的新聞，所以我嚇一大跳。

② 足が痛くて、歩けません。

因為腳很痛，所以無法走路。

句型 3：～ている / ～てある （描述眼前狀態）【～著】

（場所）に（人／物）が　　自動詞て形います。
（場所）に（人／物）が　　他動詞て形あります。

📍 在此句中，誰做的不需要管，只單純描述眼前是什麼狀態。時態由最後一個動詞「います」、
「あります」做變化。

---

① 店の前に高そうな車が止まっています。

店家前面停著看起來很貴的車子。

② 壁にきれいな絵が掛けてあります。

牆壁上面掛著漂亮的畫。

句型 4：まだ～ていない【還沒～】

> まだ ＋ 動詞て形 ＋ いません。

📍 表示還沒做某動作。

---

① まだレポートを書^かいていません。

我還沒寫報告。

② まだ晩^{ばん}ごはんを食^たべていません。

我還沒有吃晚餐。

句型 5：～ところだ【正在做～】

> 動詞字典形
> 動詞て形いる ＋ ところです。
> 動詞た形

📍「～ところです」表示某動作發生的時間點。前面可以接「動詞字典形」、「動詞て形いる」、「動詞た形」。當接「動詞て形いる」時表示正在做某動作或某行為。常和「今^{いま}」（現在）一起使用。＊「字典形」和「た形」的例句，請參考在 Day4 及 Day6。

---

① どうしたらいいのか、今考^{いまかんが}えているところです。

我正在思考要怎麼做比較好。

② そのことについては今話^{いまはな}し合^あいをしているところです。

關於那件事情，現在正在討論中。

句型 6：～ておく【先～／～著】

動詞て形　＋　おきます。

有「事先準備好某動作」、「對某事採取一時的措施」、「讓眼前某狀態持續下去」之意。

① 来週までにこの資料を読んでおいてください。
請你在下週之前先讀好這份資料。

② まだテレビを見ますから、消さないでつけておいてください。
因為我還要看電視，請不要關，開著就好。

句型 7：～てみる【～看看】

動詞て形　＋　みます。

表示嘗試做某動作。

① このソファに座ってみてもいいですか。
我可以坐看看這張沙發嗎？

② 自信はありませんが、できるだけやってみます。
雖然我沒有自信，但我盡可能做看看。

句型 8：～てくる【去～一下】

動詞て形　＋　きます。

表示去做一下某動作，做完就會回來。

① ちょっとお手洗いへ行ってきます。
我去一下洗手間。

② 電気を消したか、確認してきます。
我去確認一下關燈了沒。

練習問題

① まだ　ホテルを _____ いません。
1.　さわって　　　2.　よやくして　　3.　ふって　　　4.　とめて

② ちょっと　水を _____ きます。
1.　たべて　　　　2.　かって　　　　3.　あるいて　　4.　とおって

③ 窓が _____ いますから、　さむいです。
1.　あけて　　　　2.　しめて　　　　3.　あいて　　　4.　しまって

④ 地震_____、電車が　とまりました。
1.　で　　　　　　2.　を　　　　　　3.　ので　　　　4.　から

⑤ いま　会議を　している_____。
1.　ところです　　2.　ばかりです　　3.　ままです　　4.　ようです

⑥ めがねを _____ しょうせつを　読みます。
1.　かける　　　　2.　かけて　　　　3.　かけた　　　4.　かけない

⑦ このコートを　着て_____　いいですか。
1.　みても　　　　2.　あっても　　　3.　ところでも　4.　かけても

⑧ 来週までに　パーティーの　飲み物を　かって_____。
1.　います　　　　2.　あります　　　3.　します　　　4.　おきます

解答與題目中譯

①	②	③	④	⑤	⑥	⑦	⑧
2	2	3	1	1	2	1	4

【題目中譯】

① まだホテルを予約していません。
我還沒訂飯店。

② ちょっと水を買ってきます。
我去買一下水。

③ 窓が開いていますから、寒いです。
因為窗戶開著，所以很冷。

④ 地震で、電車が止まりました。
因為地震，電車停駛了。

⑤ 今会議をしているところです。
現在正在開會。

⑥ 眼鏡をかけて小説を読みます。
戴著眼鏡讀小說。

⑦ このコートを着てみてもいいですか。
我可以穿看看這件大衣嗎？

⑧ 来週までにパーティーの飲み物を買っておきます。
下週之前會先買好派對的飲料。

Day 03 動詞て形（2）

「動詞て形」意思就是把動詞變成「〜て」或是「〜で」結尾的型態。て形本身沒有時態。「て形」可以搭配句型產生新的用法跟意思。

【動詞て形的變化方式】

動詞類別	動詞ます	音便種類	音便規則	動詞て形
I	書きます 急ぎます	い音便	き → いて ぎ → いで	書いて 急いで
	使います 持ちます 作ります	促音便	い ち → って り	使って 持って 作って
	死にます 休みます 運びます	撥音便／鼻音便	に み → んで び	死んで 休んで 運んで
	貸します	無音便	し → して	貸して
	行きます	特殊變化	直接背起來	行って
II	食べます 見ます	ます → て		食べて 見て
III	します 来ます	ます → て		して 来て

句型 1：〜てしまう／しまった【要把〜做完／全部做完〜】

動詞て形　＋　しまいます。
　　　　　　　しまいました。

📍「〜てしまいます」表達說話者未來要把某事情全部做完。「〜てしまいました」表示說話者強調某事已經全部都做完了。

---

① 明日までに宿題をやってしまいます。
　我會在明天之前把作業都做完。

② その小説はもう全部読んでしまいました。
　那本小說已經全部都讀完了。

句型 2：〜てしまった【居然〜／不小心〜】

動詞て形　＋　しまいました。

📍「〜てしまいました」除了句型 1 的強調完成之外，若接較負面意思的動詞時則表示說話者感到遺憾、懊惱、不甘心、不小心、困惑、失敗、失望等情緒。

---

① 旅行中にパスポートをなくしてしまいました。
　旅行的時候不小心弄丟護照了。

② 大事な約束を忘れてしまいました。
　不小心忘記重要的約了。

句型 3：〜て差し上げる／あげる／やる【給〜／幫〜】

私 / 他人は《行為者》	他人に《受益者》	名詞 を動詞て形	差し上げます。あげます。やります。

📍 表示主詞的人給別人某物或為別人進行某行為。給某物時用「名詞を」方式接續，敘述付出的行為時用「動詞て形」接續。若對象是長輩或地位比自己高時，可以把動詞改成「差し上げます」表示謙虛。但其實「差し上げます」直接對著長輩或上司說的時候，有些人會覺得好像在強調我給你恩惠的語感，反而會被認為有點自大或是高高在上的感覺，所以很多人還是會避開此用法。若對象是晚輩、小孩、動植物等時，可以把動詞改成「やります」。

---

① 課長に料理を作って差し上げました。

我為課長煮菜。

② 子供におもちゃをやりました。

我給小孩玩具。

句型 4：〜ていただく／もらう【得到〜／請〜幫我〜】

私 / 他人は《受益者》	他人に《行為者》	名詞 を動詞て形	いただきます。もらいます。

📍 表示主詞的人從別人那邊得到某物或接受到某行為。得到某物時用「名詞を」方式接續，接受某行為時用「動詞て形」接續。若對象是長輩或地位比自己高時，可以把動詞改成「いただきます」表示謙虛。

---

① 課長にアドバイスをいただきました。

我請課長給我建議。

② 先生に作文を直していただきました。

我請老師幫我修改作文。

句型 5：～てくださる／くれる【～給（我）／～幫我～】

他人は	（私に）	名詞 を	くださいます。
《行為者》	《受益者》	動詞て形	くれます。

🔵 表示別人給我某物或幫我做某行為。人的對象一定是給我，因此「私に」的部分不說也是知道一定是給我，因此此部分經常省略。給我某物時用「名詞を」方式接續，幫我做某行為時用「動詞て形」接續。若對象是長輩或地位比自己高時，可以把動詞改成「くださいます」表示尊敬。

① 部長は映画のチケットをくださいました。
部長給了我電影票。

② 田中先生はたこ焼きの作り方を教えてくださいました。
田中老師教我怎麼做章魚燒。

句型 6：～てください／くださいませんか／いただけませんか
【請你～／能不能請你幫我～呢？】

動詞て形 +	ください。
	くださいませんか。
	いただけませんか。

🔵 請求對方做某事時，N5 學到「～てください」。但有時「～てください」的下指示意味比較重，若想要更有禮貌時，可用「～てくださいませんか」、「～ていただけませんか」等。

① 写真を 1 枚撮ってくださいませんか。
能不能請您幫我拍一張照片呢？

② あしたは 10 時に来ていただけませんか。
明天能不能請您 10 點過來呢？

練習問題

① 部長に　レポートの　内容を　見て　＿＿＿＿。
　　1.　いただきました　　　　　　2.　やりました
　　3.　くれました　　　　　　　　4.　くださいました

② すみませんが、郵便局の　行き方を　おしえて　＿＿＿＿。
　　1.　もらいませんか　　　　　　2.　もらいますか
　　3.　いただきませんか　　　　　4.　いただけませんか

③ パソコンが　＿＿＿＿　しまいました。
　　1.　こわれて　　　2.　てつだって　　　3.　なくして　　　4.　おいて

④ いぬに　えさを　＿＿＿＿。
　　1.　いただきました　　　　　　2.　やりました
　　3.　くれました　　　　　　　　4.　くださいました

⑤ 子どもの　宿題を　＿＿＿＿　やりました。
　　1.　しゅうりして　　　　　　　2.　てつだって
　　3.　うんてんして　　　　　　　4.　こうかんして

⑥ 田中課長の　奥様が　しんせつにして　＿＿＿＿。
　　1.　いただきました　　　　　　2.　やりました
　　3.　くれました　　　　　　　　4.　くださいました

⑦ 今日中に　旅行の　じゅんびをして　＿＿＿＿。
　　1.　います　　　2.　しまいます　　　3.　きます　　　　4.　みます

⑧ 昨日　ならった　単語は　もう全部　＿＿＿＿　しまいました。
　　1.　はらって　　　2.　おわって　　　3.　おぼえて　　　4.　おくれて

解答與題目中譯

①	②	③	④	⑤	⑥	⑦	⑧
1	4	1	2	2	4	2	3

【題目中譯】

① 部長にレポートの内容を見ていただきました。
我請部長幫我看報告的內容。

② すみませんが、郵便局の行き方を教えていただけませんか。
能不能請您告訴我怎麼去郵局嗎？

③ パソコンが壊れてしまいました。
電腦居然壞掉了。

④ 犬に餌をやりました。
給狗飼料。

⑤ 子どもの宿題を手伝ってやりました。
我幫忙了小孩的作業。

⑥ 田中課長の奥様が親切にしてくださいました。
田中課長的太太對我很親切。

⑦ 今日中に旅行の準備をしてしまいます。
我今天之內會把旅行的東西準備好。

⑧ 昨日習った単語はもう全部覚えてしまいました。
昨天學習的單字我已經全部都背起來了。

Day 04 動詞字典形（原形）

字典形又稱為原形。日文為「辞書形」，因此有些教材也會寫「辭書形」。字典形表示動詞時態「～ます」的普通形。單獨使用時，可以用在和朋友或平輩說話的方式。另外，「字典形」也可以搭配句型產生新的用法跟意思。

時態	丁寧形（敬體）	普通形（常體）
現在肯定	～ます	字典形（原形）
現在否定	～ません	ない形
過去肯定	～ました	た形
過去否定	～ませんでした	なかった形

【動詞字典形的變化方式】

動詞類別	動詞ます	變化規則	動詞字典形
I	書_かきます 急_{いそ}ぎます	改成う段音，ます去掉	書_かく 急_{いそ}ぐ
	使_{つか}います 持_もちます 作_{つく}ります		使_{つか}う 持_もつ 作_{つく}る
	死_しにます 休_{やす}みます 運_{はこ}びます		死_しぬ 休_{やす}む 運_{はこ}ぶ
	貸_かします		貸_かす
II	食_たべます 見_みます	ます→る	食_たべる 見_みる
III	します 来_きます	特有變化	する 来_くる

句型 1：〜ところだ【正要〜】

動詞字典形
動詞て形いる　　　＋　　ところです。
動詞た形

📍「ところです」表示某動作發生的時間點。前面可以接「動詞字典形」、「動詞て形いる」、「動詞た形」。當接「動詞字典形」時表示正要做某動作或某行為。常和「これから」、「今から」（接下來要〜）等一起使用。＊「て形いる」和「た形」的例句，請參考 Day2 及 Day6。

① これから会議が始まるところです。

接下來會議正要開始。

② 今からお風呂に入るところです。

我現在正在去洗澡。

句型 2：〜とおりに、〜【按照〜】

動詞₁字典形
動詞₁た形　　　　＋　　とおりに、動詞₂。
名詞の

📍 表示按照前項的指示或動作去做後項的事。＊「た形」的例句，請參考 Day6。

① これから私が言うとおりに、やってみてください。

請按照我接下來要說的方式跟著做看看。

② 矢印のとおりに、行ってください。

請按照箭頭指示走。

句型 3：〜つもりだ【打算〜／不打算〜】

動詞字典形 動詞ない	+	つもりです。

📍 敘述自己打算或不打算做某事。前面可以接「動詞字典形」及「動詞ない形」。當接「動詞字典形」時表示打算做某動作或某行為。接「動詞ない形」時表示不打算做某動作或某行為。
＊「ない形」的例句，請參考 Day5。

① 明日木村さんに本当のことを言うつもりです。

我打算明天跟木村先生說真正的事。

② 今年富士山に登るつもりです。

我今年打算去爬富士山。

句型 4：〜予定だ【預計〜】

動詞字典形 名詞の	+	予定です。

📍 和對方敘述預定的行程。

① 新幹線は午後2時36分に出発する予定です。

新幹線預計在下午 2 點 36 分出發。

② 明日の午後は会議の予定です。

明天下午預計要開會。

句型 5：〜ために、〜【為了〜】

意志動詞₁字典形
名詞の

+ ために、意志動詞₂。

📍 表示為了要達到前項的目標或人事物而去做後項動作。前後項的動詞皆為意志動詞。

---

① **自分の会社を開くために、貯金しています。**

我為了要開自己的公司，所以正在存錢。

② **子どもの教育費のために、働いています。**

我為了小孩的教育金在工作。

句型 6：〜ように、〜【為了〜】

無意志動詞／可能動詞字典形
無意志動詞／可能動詞ない

+ ように、意志動詞 。

📍 表示為了要達到或不要達到前項的目標或事情而去做後項動作。前項要接無意志動詞（包含可能動詞）。前面可以接「動詞字典形」及「動詞ない形」。當接「動詞字典形」時表示為了要達到某行為或目標而去做後項動作。

＊「ない形」的例句，請參考 Day5。

---

① **約束の時間に間に合うように、早めに家を出ます。**

為了趕上約定的時間，會早點出門。

② **日本の新聞が読めるように、日本語を勉強しています。**

為了能讀懂日本的報紙，所以正在學習日文。

句型 7：～ようになる【變得做～／變得會～】

> 動詞字典形
> 可能動詞字典形　＋　ようになります。

📍 表示原本不做的事，現在變得做了。若接可能動詞表示原本不會的，現在變得會了。表示能力的進步。

---

① 前は毎日昼まで寝ていましたが、今は早起きするようになりました。

我之前都每天睡到中午，但現在變得會早起了。

② 日本語が話せるようになりました。

變得會說日文了。

句型 8：～ようにする【盡量努力～】

> 動詞字典形
> 動詞ない　＋　ようにします。

📍 表示要習慣性或持續性地努力做或不做某動作。雖然有時會做不到，但還是有盡量想做到的意思。前面可以接「動詞字典形」及「動詞ない形」。當接「動詞字典形」時表示要盡量努力做某行為。常和副詞「できるだけ（盡量）」一起使用。

＊「ない形」的例句，請參考 Day5。

---

① 忙しくても、できるだけ運動するようにしてください。

就算很忙也請你盡量去運動。

② できるだけ野菜をたくさん食べるようにしています。

我都有盡量多吃菜。

練習問題

① 飛行機は　3時12分に　とうちゃくする　＿＿＿＿。
1.　つもりです　　2.　ようにします 3.　よていです　　4.　ところです

② わたしが　これからやる＿＿＿＿、　やってください。
1.　とおりに　　　2.　どおりに　　　3.　ために　　　4.　ように

③ これから　日本語を　＿＿＿＿ところです。
1.　かう　　　　　2.　およぐ　　　3.　べんきょうする 4.　はらう

④ 健康のために、これからは　できるだけ　早く　＿＿＿＿ように　します。
1.　ねない　　　2.　ねる　　　　3.　ねて　　　　4.　ね

⑤ 日本語で　意見が　＿＿＿＿ように　なりました。
1.　よむ　　　　　2.　いえる　　　3.　よめる　　　4.　あるく

⑥ 日本人と　はなせる＿＿＿＿、日本語を　べんきょうして　います。
1.　とおりに　　　2.　ために　　　3.　ように　　　4.　よていで

⑦ じぶんの　家をかう＿＿＿＿、ちょきんしています。
1.　とおりに　　　2.　ために　　　3.　ように　　　4.　よていで

⑧ 来年　にほんに　＿＿＿＿つもりです。
1.　おくる　　　　　　　　　　2.　つくる
3.　はなす　　　　　　　　　　4.　りゅうがくする

解答與題目中譯

①	②	③	④	⑤	⑥	⑦	⑧
3	1	3	2	2	3	2	4

【題目中譯】

① 飛行機は 3 時 12 分に到着する予定です。
飛機預計是 3 點 12 分抵達。

② 私がこれからやるとおりに、やってください。
請按照我接下來要做的方式跟著做。

③ これから日本語を勉強するところです。
正要開始讀日文。

④ 健康のために、これからはできるだけ早く寝るようにします。
為了健康，我之後會盡量早點睡。

⑤ 日本語で意見が言えるようになりました。
變得會用日文說意見了。

⑥ 日本人と話せるように、日本語を勉強しています。
為了能和日本人說話，現在正在學日文。

⑦ 自分の家を買うために、貯金しています。
為了買自己的家，我正在存錢。

⑧ 来年日本に留学するつもりです。
我打算明年去日本留學。

Day 05 動詞ない形

ない形表示動詞時態「〜ません」的普通形。單獨使用時，可以用在和朋友或平輩說話的方式。
另外，「ない形」可以搭配句型產生新的用法跟意思。

時態	丁寧形（敬體）	普通形（常體）
現在肯定	〜ます	字典形（原形）
現在否定	〜ません	ない形
過去肯定	〜ました	た形
過去否定	〜ませんでした	なかった形

【動詞ない形的變化方式】

動詞類別	動詞ます	變化規則	動詞ない形
I	書きます 急ぎます	改成あ段音，ます改成ない ＊「い」→「わ」	書かない 急がない
	使います＊ 持ちます 作ります		使わない＊ 持たない 作らない
	死にます 休みます 運びます		死なない 休まない 運ばない
	貸します		貸さない
II	食べます 見ます	ます→ない	食べない 見ない
III	します 来ます	特有變化	しない 来ない

句型 1：～ないで、～【不做～而做～】

> **動詞₁ ない ＋ で、動詞₂。**

📍 敘述不做前項的事，而做後項的動作。

---

① **今日は雨ですから、出かけないで、家で休みます。**

因為今天是雨天，所以不出門在家休息。

② **この問題は先生に聞かないで、まずは自分で考えてみます。**

這個問題不問老師，我會先自己思考看看。

句型 2：～なくて、～（表示原因）【因為不～所以～】

> **動詞ないくて**
> **い形容詞いくなくて**
> **な形容詞じゃなくて**　　**＋　、～。**
> **名詞じゃなくて**

📍 表示因為前項的原因，所以有後項的結果或事情。後項不能接意志動詞，要接無意志動詞、
可能動詞、跟感情有關的詞之類的。肯定的理由請參考 Day2。

---

① **今回の社員旅行に参加できなくて、残念です。**

因為不能參加這次的員工旅遊，所以感到可惜。

② **このレストランの料理は美味しくなくて、がっかりしました。**

因為這間餐廳的料理不太好吃，所以很失望。

句型 3：〜ないつもりだ【不打算〜】

動詞字典形
動詞ない ＋ つもりです。

◉ 敘述自己打算或不打算做某事。前面可以接「動詞字典形」及「動詞ない形」。當接「動詞ない形」時表示不打算做某動作或某行為。

＊「字典形」的例句，請參考 Day4。

---

① 今年の同窓会には行かないつもりです。

我不打算去今年的同學會。

② もう彼には会わないつもりです。

我已經不打算再跟他見面了。

句型 4：〜ないように、〜【為了不〜】

無意志動詞／可能動詞字典形
無意志動詞／可能動詞ない ＋ ように、意志動詞 。

◉ 表示為了要達到或不要達到前項的目標或事情而去做後項動作。前項要接無意志動詞（包含可能動詞）。前面可以接「動詞字典形」及「動詞ない形」。當接「動詞ない形」時表示為了不要有某行為或目標而去做後項動作。

＊「字典形」的例句，請參考 Day4。

---

① 遅れないように、早めに家を出ます。

為了不要遲到，會早點出門。

② 授業の内容を忘れないように、メモしておきます。

為了不要忘記上課內容，所以會先做筆記。

句型 5：〜ないようにする【盡量努力不〜】

動詞字典形
動詞ない　　＋　　ようにします。

○ 表示要習慣性或持續性地努力做或不做某動作。雖然有時會做不到，但還是有盡量想做到的意思。前面可以接「動詞字典形」及「動詞ない形」。當接「動詞ない形」時表示要盡量努力不要做某行為。常和副詞「できるだけ（盡量）」一起使用。
＊「字典形」的例句，請參考 Day4。

① 仕事が忙しくても、日本語の授業を休まないようにしています。
就算工作很忙，我也盡量不要日文課請假。

② 健康のために、インスタント食品を食べないようにしてください。
為了健康，請你盡量不要吃速食食品。

句型 6：〜ないほうがいい【不要〜比較好】

動詞た形
動詞ない　　＋　　ほうがいいです。

○ 表示建議對方要做或不要做來選的話，做比較好或是不要做比較好。前面可以接「動詞た形」及「動詞ない形」。當接「動詞ない形」表示建議對方不要做某事比較好。
＊「た形」的例句，請參考 Day6。

① あまり無理をしないほうがいいです。
不要太勉強會比較好。

② 健康のために、たばこは吸わないほうがいいですよ。
為了健康，不要抽菸會比較好喔！

練習問題

① あまり　無理を　＿＿＿＿ように　してください。
1.　する　　　　2.　して　　　　3.　しない　　　4.　した

② そのパーティーには　参加しない＿＿＿＿です。
1.　よう　　　　2.　ため　　　　3.　ほう　　　　4.　つもり

③ 家族が　心配しない＿＿＿＿、一週間に　一回は　れんらくしています。
1.　ために　　　2.　ほうが　　　3.　で　　　　　4.　ように

④ いらないものは　＿＿＿＿ほうが　いいです。
1.　かい　　　　2.　かう　　　　3.　かわない　　4.　かった

⑤ ことしは　ちょきんしたいので、旅行を　＿＿＿＿つもりです。
1.　する　　　　2.　して　　　　3.　しない　　　4.　した

⑥ 夜は　暗いみちを　歩かない　＿＿＿＿しています。
1.　ように　　　2.　ために　　　3.　ほうが　　　4.　つもり

⑦ ゆうべは　＿＿＿＿で、友達と　朝まで　ゲームを　していました。
1.　おきない　　2.　ねない　　　3.　すてない　　4.　あるかない

⑧ しけんに　＿＿＿＿、かなしいです。
1.　合格する　　2.　合格した　　3.　合格しない　4.　合格できなくて

解答與題目中譯

①	②	③	④	⑤	⑥	⑦	⑧
3	4	4	3	3	1	2	4

【題目中譯】

① あまり無理を<u>しない</u>ようにしてください。
請你不要太勉強。

② そのパーティーには参加しない<u>つもり</u>です。
我不打算參加那場派對。

③ 家族が心配しない<u>ように</u>、一週間に一回は連絡しています。
為了家人不要擔心，我會一週至少聯絡一次。

④ 要らない物は<u>買わない</u>ほうがいいです。
不需要的東西不要買比較好。

⑤ 今年は貯金したいので、旅行を<u>しない</u>つもりです。
因為今年想要存錢，所以不打算旅行。

⑥ 夜は暗い道を歩かない<u>ように</u>しています。
晚上我盡量不走很暗的路。

⑦ ゆうべは<u>寝ない</u>で、友達と朝までゲームをしていました。
我昨晚沒有睡，跟朋友玩遊戲玩到早上。

⑧ 試験に<u>合格できなくて</u>、悲しいです。
因為考試沒能及格，所以很傷心。

動詞た形、動詞なかった形

Day 06

た形

た形表示動詞時態「～ました」的普通形。單獨使用時，可以用在和朋友或平輩說話的方式。另外，「た形」可以搭配句型產生新的用法跟意思。

時態	丁寧形（敬體）	普通形（常體）
現在肯定	～ます	字典形（原形）
現在否定	～ません	ない形
過去肯定	～ました	た形
過去否定	～ませんでした	なかった形

【動詞た形的變化方式】

＊「た形」和て形的變化方式一樣，只是「て」改成「た」，「で」改成「だ」

動詞類別	動詞ます	音便種類	音便規則	動詞た形
Ⅰ	書きます 急ぎます	い音便	き → いた ぎ → いだ	書いた 急いだ
	使います 持ちます 作ります	促音便	い ち → った り	使った 持った 作った
	死にます 休みます 運びます	撥音便／鼻音便	に み → んだ び	死んだ 休んだ 運んだ
	貸します	無音便	し → した	貸した
	行きます	特殊變化	直接背起來	行った
Ⅱ	食べます 見ます	ます → た		食べた 見た
Ⅲ	します 来ます	ます → た		した 来た

なかった形

なかった形表示動詞「～ませんでした」的普通形。單獨使用時，可以用在和朋友或平輩說話的方式。另外，「なかった形」也可以搭配句型產生新的用法跟意思。

時態	丁寧形（敬體）	普通形（常體）
現在肯定	～ます	字典形（原形）
現在否定	～ません	ない形
過去肯定	～ました	た形
過去否定	～ませんでした	なかった形

【動詞なかった形的變化方式】

＊和ない形的變化方式一樣，「ない」部分改成「なかった」

動詞類別	動詞ます	變化規則	なかった形
I	書_かきます 急_{いそ}ぎます	改成あ段音， ます改成なかった ＊「い」→「わ」	書_かかなかった 急_{いそ}がなかった
	使_{つか}います＊ 持_もちます 作_{つく}ります		使_{つか}わなかった＊ 持_もたなかった 作_{つく}らなかった
	運_{はこ}びます 休_{やす}みます 死_しにます		運_{はこ}ばなかった 休_{やす}まなかった 死_しななかった
	貸_かします		貸_かさなかった
II	食_たべます 見_みます	ます→なかった	食_たべなかった 見_みなかった
III	します 来_きます	特殊變化	しなかった 来_こなかった

＊ 由於 N4 沒有只有接「動詞なかった形」的句型，因此以下先整理會接續「動詞た形」的句型。「動詞なかった形」的動詞變化方式可以先複習，在下一章節 Day7「接普通形的句型」時可使用。

句型 1：〜あとで、〜【〜之後】

> **動詞₁ た形 ＋ あとで、動詞₂。**

📍 表示先做前項的動作再做後項的動作。

---

① **この仕事が終わったあとで、資料をコピーします。**

這份工作結束後再印資料。

② **お風呂に入ったあとで、日本語を勉強します。**

洗澡後再讀日文。

句型 2：〜ほうがいい【做〜比較好】

> **動詞た形**
> **動詞ない ＋ ほうがいいです。**

📍 表示建議對方要做或不要做來選的話，做比較好或是不要做比較好。前面可以接「動詞た形」
及「動詞ない形」。接「動詞た形」時表示建議對方要做某事比較好。

＊「ない形」的例句，請參考 Day5。

---

① **今日は早めに休んだほうがいいですよ。**

今天早一點休息比較好喔！

② **この問題は田中さんに聞いたほうがいいです。**

這個問題要問田中小姐比較好。

句型 3：〜とおりに、〜【按照〜】

> **動詞₁ 字典形**
> **動詞₁ た形 ＋ とおりに、動詞₂。**
> **名詞の**

📍 表示按照前項的指示或動作去做後項的事。

＊「字典形」的例句，請參考 Day4。

---

① さっき私が踊ったとおりに、踊ってみてください。

請按照我剛剛跳的方式，跟著跳看看。

② 説明書のとおりに、操作してください。

請按照說明書進行操作。

句型 4：～ところだ【剛～】

> 動詞字典形
> 動詞て形いる　　　＋　　ところです。
> 動詞た形

📍「ところです」表示某動作發生的時間點。前面可以接「動詞字典形」、「動詞て形いる」、
「動詞た形」。當接「動詞た形」時表示剛做完某動作或某行為。在時間上一定要剛發生。
常和「たった今」（剛～）等一起使用。
＊「字典形」和「て形いる」的例句，請參考 Day4 及 Day2。

---

① たった今授業が終わったところです。

課堂才剛結束。

② 今家に着いたところです。

我現在才剛到家。

句型 5：～ばかりだ【剛～】

> 動詞た形　＋　ばかりです。

📍 表示剛發生某事。但實際上時間過了多久，只要說話者體感覺得剛發生沒多久的事都可以接。

---

① あの 2 人は半年前に結婚したばかりです。

那兩個人在半年前剛結婚。

② 最近新しい事業を始めたばかりです。

我最近才剛開始新的事業。

練習問題

① 赤ちゃんは　たったいま　＿＿＿＿ところです。
　　1.　ねた　　　　　2.　とった　　　　3.　さんぽした　4.　はじまった

② 先月　あたらしい　会社に　＿＿＿＿ばかりです。
　　1.　およいだ　　　2.　はいった　　　3.　のんだ　　　4.　とどいた

③ わたしが　書いた＿＿＿＿、書いて　みて　ください。
　　1.　ほうで　　　　2.　ばかりで　　　3.　ところで　　4.　とおりに

④ きょうの　会議が　おわった＿＿＿＿、来週の　レポートを　作ります。
　　1.　ほうで　　　　2.　あとで　　　　3.　とおりに　　4.　ように

⑤ このパソコンは　先週　しゅうりした＿＿＿＿。
　　1.　ばかりです　2.　ところです　3.　ほうです　　4.　とおりです

⑥ たったいま　家に　帰って　きた＿＿＿＿。
　　1.　ばかりです　2.　ところです　3.　ほうです　　4.　とおりです

⑦ ねつが　下がらないなら、びょういんへ　＿＿＿＿ほうが　いいですよ。
　　1.　いく　　　　　2.　いって　　　　3.　いった　　　4.　いかない

⑧ ＿＿＿＿あとで、映画を　見に　いきます。
　　1.　しょくじする　2.　しょくじして　3.　しょくじした　4.　しょくじし

解答與題目中譯

①	②	③	④	⑤	⑥	⑦	⑧
1	2	4	2	1	2	3	3

【題目中譯】

① 赤ちゃんはたった今寝たところです。
嬰兒才剛睡著。

② 先月新しい会社に入ったばかりです。
我上個月才剛進新公司。

③ 私が書いたとおりに、書いてみてください。
請按照我寫的方式寫看看。

④ 今日の会議が終わったあとで、来週のレポートを作ります。
今天的會議結束後再製作下週要使用的報告。

⑤ このパソコンは先週修理したばかりです。
這台電腦上週才剛修好。

⑥ たった今家に帰ってきたところです。
我才剛回到家。

⑦ 熱が下がらないなら、病院へ行ったほうがいいですよ。
你如果燒退不下來的話，去醫院比較好喔！

⑧ 食事したあとで、映画を見に行きます。
用餐後再去看電影。

Day 07　接普通形的句型

前面章節整理了主要是接某一個時態的句型。而此章節整理了會接動詞、形容詞、名詞的普通形的句型。

句型 1：～し、～し、（それに）～【又～又～】

動詞普通形
い形容詞普通形
な形容詞普通形　＋ し、
名詞普通形

動詞普通形
い形容詞普通形
な形容詞普通形　＋ し、（それに）
名詞普通形

📍 表示說話者對某主詞敘述兩個或以上的評價，或敘述兩個或以上的原因時使用。在此句型中，原本的助詞「が」和「を」會改成「も」，更能表示「又～又～」的意思。

---

① 田中課長は優しいし、仕事もできるし、それにハンサムなんです。

田中課長又溫柔，又會工作，而且還很英俊。

② A：どうしていつもこのお店で昼ごはんを食べているんですか。

你為什麼總是在這間店吃午餐呢？

B：おいしいし、値段も安いですから。

因為又好吃，價格又便宜。

句型 2：～そうだ【聽說～】

> 動詞普通形
> い形容詞普通形
> な形容詞普通形　　　 ＋　　 そうです。
> 名詞普通形

📍 表示說話者從別處得到或聽到的訊息，傳達給對方。如果要表示訊息來源或出處時，在句首加「～によると」（根據～）表示。

---

① **ニュースによると、来週台風が来るそうです。**

　根據新聞所述，下週聽說會來颱風。

② **木村さんは来月会社をやめるそうです。**

　聽說木村先生下個月要辭職。

句型 3：～でしょう【可能是～吧】

> 動詞普通形
> い形容詞普通形
> な形容詞普通形（＊だ）　 ＋　　 でしょう。
> 名詞普通形（＊だ）

📍 表示說話人對於某事，以目前擁有的訊息或根據來進行確定性高的推測。由於確定性較高，常和「たぶん」（可能）、「きっと」（一定）等副詞一起使用。若要接「な形容詞」和「名詞」的字典形時，「だ」需要去掉。

---

① **来週の試験は難しいでしょう。**

　下週的考試應該很困難吧！

② **梅雨の季節ですから、明日も雨でしょう。**

　因為是梅雨的季節，明天應該也是雨天吧！

句型 4：～かもしれない【或許是～吧】

動詞普通形
い形容詞普通形
な形容詞普通形（＊だ）　　＋　　かもしれません。
名詞普通形（＊だ）

🔵 表示說話人對於某事，以目前擁有的訊息或根據來進行確定性低（較沒自信）的推測。由於確定性較低，常和副詞「もしかしたら」（或許）一起使用。若要接「な形容詞」和「名詞」的字典形時，「だ」需要去掉。

---

① もしかしたら彼女は来ないかもしれません。

或許她不會來。

② 新しい仕事は大変かもしれません。

新的工作或許很辛苦。

句型 5：～か、～

疑問詞　＋
動詞普通形
い形容詞普通形
な形容詞普通形（＊だ）　　＋　　か、～。
名詞普通形（＊だ）

🔵 表示「含有疑問詞的疑問句」和「句子」兩個句子，用「か」來連結起來變成一句話的句子。翻譯的時候先翻譯後項句子再翻譯前項句子會比較通順。若要接「な形容詞」和「名詞」的字典形時，「だ」需要去掉。

---

① 木村さんはいつ来るか、わかりません。

我不知道木村先生什麼時候來。

② 明日の会議は何時に始まるか、教えてください。

請你告訴我明天的會議是幾點開始。

句型 6：～かどうか、～

動詞普通形
い形容詞普通形
な形容詞普通形（＊だ）　＋　**かどうか、～。**
名詞普通形（＊だ）

🔵 表示「不含疑問詞的疑問句」和「句子」兩個句子，用「かどうか」來連結起來變成一句話的句子。前項句子要接肯定還是否定時態要看說話者內心期望發生的情況。翻譯的時候先翻譯後項句子再翻譯前項句子會比較通順。若要接「な形容詞」和「名詞」的字典形時，「だ」需要去掉。

① **そのケーキがおいしいかどうか、わかりません。**

我不知道那個蛋糕好不好吃。

② **間違いがないかどうか、確認してください。**

請幫我確認一下有沒有錯誤。

句型 7：～んですか／～んです

動詞普通形
い形容詞普通形
な形容詞普通形（＊だ→な）　＋　**んです。**
名詞普通形（＊だ→な）　　　　　　**んですか。**

🔵 「んですか」及「んです」有許多意思。「んですか」較常為說話者對於看到或聽到的事進行以下情境：(1) 推測原因、理由並進行確認。(2) 尋求更詳細的說明。(3) 詢問原因、理由。「んです」較常用到的意思為敘述理由或原因。若要接「な形容詞」和「名詞」的字典形時，「だ」要改成「な」。

① **きれいなくつですね。新しく買ったんですか。**

很漂亮的鞋子呢！新買的嗎？

② **A：どうしてケーキを食べないんですか。**

你為什麼不吃蛋糕呢？

B：ダイエットをしているんです。

因為我正在減肥。

句型 8：～ので、～【因為～所以～】

> 動詞普通形
> い形容詞普通形
> な形容詞普通形（＊だ→な）　　　＋　　　ので、～。
> 名詞普通形（＊だ→な）

📍 表示因為前項的原因，所以有後項的結果。和表示原因的「～から、～」意思一樣，但語氣會更客氣委婉。因此前後句都不能接像是命令禁止等語氣較強烈的句子。常用於請求對方做某事時使用。若要接「な形容詞」和「名詞」的字典形時，「だ」要改成「な」。

---

① 体調がよくないので、今日は早めに帰ってもよろしいでしょうか。

因為身體狀況不好，我今天可以早點回家嗎？

② 明日から3日間休みなので、家でゆっくり休みたいです。

因為明天開始休假3天，所以我想在家好好休息。

句型 9：～のに、～【明明～卻～】

> 動詞普通形
> い形容詞普通形
> な形容詞普通形（＊だ→な）　　　＋　　　のに、～。
> 名詞普通形（＊だ→な）

📍 表示明明是前項的情況，卻是後項的結果。常敘述說話者認為出乎意料、意外、不滿、不開心、抱怨等心情。若要接「な形容詞」和「名詞」的字典形時，「だ」要改成「な」。

---

① もう11月なのに、まだ暑いです。

明明已經11月了，卻還很熱。

② 12時の約束なのに、彼はまだ来ていません。

明明約12點，他卻還沒有來。

練習問題

① プレゼントは　何を　買ったら　いい＿＿＿、一緒に　かんがえてください。
1.　か　　　　　　2.　かどうか　　　3.　ので　　　　　4.　のに

② きょうは　＿＿＿のに、忙しくて　ぜんぜん　やすめません。
1.　日曜日　　　　2.　日曜日だ　　　3.　日曜日な　　　4.　日曜日で

③ もしかしたら　来週から　忙しくなる＿＿＿。
1.　でしょう　　　　　　　　　　2.　そうです
3.　かもしれません　　　　　　　4.　ばかりです

④ 物価は　これから　どんどん　たかく　＿＿＿でしょう。
1.　なり　　　　　2.　なる　　　　　3.　なって　　　　4.　なった

⑤ きょうは　早く　起きた＿＿＿、ひさしぶりに　ジョギングをしました。
1.　か　　　　　　2.　かどうか　　　3.　ので　　　　　4.　のに

⑥ 田中さんによると、あたらしい部長は　＿＿＿そうです。
1.　やさしい　　　2.　やさし　　　　3.　やさしくて　　4.　やさしく

⑦ 目が　赤いですね。どうした＿＿＿。
1.　そうです　　　　　　　　　　2.　でしょう
3.　かもしれません　　　　　　　4.　んですか

⑧ その話は　まだ　本当＿＿＿、わかりません。
1.　か　　　　　　2.　かどうか　　　3.　ので　　　　　4.　のに

解答與題目中譯

①	②	③	④	⑤	⑥	⑦	⑧
1	3	3	2	3	1	4	2

【題目中譯】

① **プレゼントは何を買ったらいいか、一緒に考えてください。**
請你跟我一起想一下禮物要買什麼才好。

② **今日は日曜日なのに、忙しくて全然休めません。**
今天明明是禮拜天，卻忙到完全無法休息。

③ **もしかしたら来週から忙しくなるかもしれません。**
或許從下週開始會變忙。

④ **物価はこれからどんどん高くなるでしょう。**
物價接下來應該會漸漸變貴吧！

⑤ **今日は早く起きたので、久しぶりにジョギングをしました。**
因為今天早點起床，所以睽違已久地去慢跑。

⑥ **田中さんによると、新しい部長は優しいそうです。**
聽田中先生說，新的部長很溫柔。

⑦ **目が赤いですね。どうしたんですか。**
你的眼睛很紅耶！怎麼了呢？

⑧ **その話はまだ本当かどうか、わかりません。**
我還不知道那件事到底是不是真的。

Day 08 用修飾名詞方式接的句型

句型 1 ： ～場合（は）、～【若有～的情況】

> 動詞普通形
> い形容詞
> な形容詞な   ＋   場合は、～。
> 名詞の

📍 表示預想假設未來發生前項狀況時，將會採取後項的措施。不能敘述過去的事情。

---

① 約束に遅れる場合は、電話で知らせてください。

若約會會遲到的話，請打電話通知我。

② 体の調子が悪い場合は、この薬を飲んだらいいですよ。

若身體狀況有不舒服的情況，服用這個藥就好了喔！

句型 2 ： ～ようだ【好像是～】

> 動詞普通形
> い形容詞
> な形容詞な   ＋   ようです。
> 名詞の

📍 表示說話者從當下眼前看到的情況或是從五官（視覺、聽覺、嗅覺、味覺、觸覺）等得到的訊息來進行推測。常和副詞「どうも（總覺得）」一起使用。

---

① どうも風邪をひいたようです。

総覺得好像感冒了。

② 外は寒いようですね。みんなコートを着ていますよ。

外面好像很冷呢！大家都穿著大衣喔！

＊從室內看外面的情況去推測。

句型3：～はずだ【應該會～吧／一定會～吧】

動詞普通形
い形容詞
な形容詞な ＋ はずです。
名詞の

表示說話者從某個依據，進行有自信的推測。

① 陳さんは勉強を頑張っていましたから、きっと試験に合格するはずです。

因為陳小姐之前很努力學習，所以考試一定會及格的。

② 誕生日パーティーは友達がたくさん来るので、楽しいはずです。

生日派對因為會有很多朋友來，所以應該是很開心的。

練習問題

① 最近　田中さんに　会いませんね。いそがしい　＿＿＿です。
1. よう　　　　2. ところ　　　3. ばかり　　　4. つもり

② 林さんは　このパーティーに　興味が　ありませんから、＿＿＿はず
です。
1. さんかする　2. さんかして　3. さんかした　4. さんかしない

③ 彼は　アメリカに　5年　住んでいますから、えいごが　＿＿＿　は
ずです。
1. じょうず　　　　　　　　2. じょうずな
3. じょうずで　　　　　　　4. じょうずじゃ

④ 飲み物が　足りない＿＿＿、　わたしに　言ってください。
1. はずは　　　2. ようで　　　3. ばあいは　　4. と

⑤ あの店は　いつも人が　多いですね。　＿＿＿ようです。
1. おいしい　　2. おいしく　　3. おいし　　　4. おいしくて

⑥ 事故に　＿＿＿場合は、　この番号に　でんわして　ください。
1. あう　　　　2. あって　　　3. あった　　　4. あい

⑦ 10時の　新幹線に　のれば、　11時半には　つく＿＿＿。
1. ところです　2. ようです　　3. はずです　　4. ばかりです

⑧ あしたの　運動会、　＿＿＿ばあいは　どうしますか。
1. あめ　　　　2. あめだ　　　3. あめで　　　4. あめの

解答與題目中譯

①	②	③	④	⑤	⑥	⑦	⑧
1	4	2	3	1	3	3	4

【題目中譯】

① 最近田中さんに会いませんね。忙しいようです。
　最近都沒遇到田中先生呢！他好像很忙。

② 林さんはこのパーティーに興味がありませんから、参加しないはずです。
　因為林小姐對這場派對沒有興趣，應該是不會參加的。

③ 彼はアメリカに 5 年住んでいますから、英語が上手なはずです。
　他因為住在美國 5 年，英文一定是很厲害的。

④ 飲み物が足りない場合は、私に言ってください。
　飲料如果不夠的話，請你跟我說。

⑤ あの店はいつも人が多いですね。おいしいようです。
　那間店總是很多人呢！好像很好吃。

⑥ 事故に遭った場合は、この番号に電話してください。
　遇到車禍的話，請你打到這個號碼。

⑦ 10 時の新幹線に乗れば、11 時半には着くはずです。
　搭 10 點的新幹線的話，11 點半應該就會抵達了。

⑧ 明日の運動会、雨の場合はどうしますか。
　明天的運動會，遇到下雨的話要怎麼辦呢？

Day 09　條件ば形、命令形、禁止形、意向形

一、條件ば形【～的話，～／不～的話】

條件ば形（肯定）

詞性類別	單字舉例	變化規則	條件ば形（肯定）
動詞 I	急<u>ぎ</u>ます 使<u>い</u>ます	改成え段音，ます去掉＋ば	急<u>げ</u>ば 使えば
動詞 II	食べ<u>ます</u> 見<u>ます</u>	ます→れば	食べれば 見れば
動詞III	します 来ます	特殊變化	すれば 来れば
い形容詞	おいし<u>い</u> いい *	い形容詞<del>い</del>＋ければ	おいし<u>ければ</u> よければ *
な形容詞	複雑 有名	な形容詞＋なら	複雑なら 有名なら
名詞	雨 先生	名詞＋なら	雨なら 先生なら

條件ば形（否定）

詞性類別	單字舉例	變化規則	條件ば形（否定）
動詞 I	急（いそ）ぎます 使（つか）います ＊	ない形ない＋ければ	急（いそ）がなければ 使（つか）わなければ ＊
動詞 II	食（た）べます 見（み）ます		食（た）べなければ 見（み）なければ
動詞 III	します 来（き）ます		しなければ 来（こ）なければ
い形容詞	おいしい いい ＊		おいしくなければ よくなければ ＊
な形容詞	複雑（ふくざつ） 有名（ゆうめい）		複雑（ふくざつ）じゃなければ 有名（ゆうめい）じゃなければ
名詞	雨（あめ） 先生（せんせい）		雨（あめ）じゃなければ 先生（せんせい）じゃなければ

條件 (A) ば、成立事項 (B)。

🔵 表示若前項的條件達到的話，後項的事情就會成立。

＊使用注意事項

1 當前項句子 (A) 和後項句子 (B) 為同一主詞時，後項句子不能接意志動詞（意志、請求、願望、邀請等）。
　反之，前後項句子為不同主詞則沒有限定後項要接什麼句子。

2 當前項句子 (A) 是狀態詞（形容詞、いる、ある、可能動詞）時，無論前後項是不是同一個主詞，後項接意志或無意志都可以。

---

① 食（た）べる量（りょう）を減（へ）らして、運動（うんどう）すれば、やせるでしょう。

　只要減少吃的量，運動的話，就會瘦吧！

② おいしければ、たくさん食（た）べられます。

　好吃的話，我就能吃很多。

二、命令形【給我做～】

動詞類別	動詞ます	變化規則	命令形
Ⅰ	急^{いそ}ぎます 持^もちます	改成え段音，ます去掉	急^{いそ}げ 持^もて
Ⅱ	食^たべます 見^みます	ます→ろ	食^たべろ 見^みろ
Ⅲ	します 来^きます	特殊變化	しろ 来^こい

📍 表示用命令或強烈的語氣叫別人做某事。生氣、語氣強烈、緊急情況、交通號誌時等對不特定人物的警語標語、幫比賽或球賽等加油、鼓舞、提升士氣時等情況時使用。

---

① 早^{はや}くしろ。

給我快一點。

② こっちへ来^こい。

給我過來。

三、禁止形【不要～】

Ⅰ、Ⅱ、Ⅲ都是改成「字典形＋な」即可。

動詞類別	動詞ます	變化規則	禁止形
Ⅰ	急^{いそ}ぎます 持^もちます	字典形＋な （改成う段音，ます去掉＋な）	急^{いそ}ぐな 持^もつな
Ⅱ	食^たべます 見^みます	字典形＋な （ます→る＋な）	食^たべるな 見^みるな
Ⅲ	します 来^きます	字典形＋な	するな 来^くるな

📍 表示用命令或強烈的語氣叫別人不要做某事。使用場合同命令形。

---

① それに触^{さわ}るな。

不要碰那個。

② 人^{ひと}の物^{もの}を勝手^{かって}に見^みるな。

不要擅自看別人的東西。

四、意向形【～吧！】

動詞類別	動詞ます	變化規則	意向形
I	急ぎます 持ちます	改成お段音，ます去掉＋う	急ごう 持とう
II	食べます 見ます	ます→よう	食べよう 見よう
III	します 来ます	特殊變化	しよう 来よう

📍 是「動詞ます＋ましょう」的普通形。用於上對下或是朋友之間較口語的語氣、積極的提議時使用。

---

① **一緒に帰ろう。**

一起回家吧！

② **ちょっと歩こう。**

走一下路吧！

五、使用意向形的句型

句型 1：～と思っている【打算～】

> **動詞意向形** ＋ **と思っています。**

📍 向對方敘述打算做某動作。

---

① **来年家族とヨーロッパへ遊びに行こうと思っています。**

我打算明年跟家人去歐洲玩。

② **卒業したら、日本で働こうと思っています。**

我打算畢業之後在日本工作。

練習問題

① あしたは　おくれるなよ。早めに　_____よ。
1.　くる　　　　　2.　くるな　　　　3.　こい　　　　　4.　くれば

② _____。まだ　あきらめるな。
1.　がんばると　　2.　がんばれ　　　3.　がんばるな　　4.　がんばれば

③ あした　雨_____　試合は　ちゅうしします。
1.　ければ　　　　2.　である　　　　3.　なら　　　　　4.　れば

④ これ以上　ききたくない。もう　_____な。
1.　言い　　　　　2.　言え　　　　　3.　言おう　　　　4.　言う

⑤ そろそろ　_____。
1.　でかけない　　2.　でかけるな　　3.　でかけよう　　4.　でかけた

⑥ 「ここに　車を　_____」と　書いて　ありますから、ほかの　所に　止めましょう。
1.とめるな　　　　2.　とめろ　　　　3.　とめて　　　　4.　とめよう

⑦ 将来　おとなに　_____、わかりますよ。
1.　なる　　　　　2.　なろう　　　　3.　なれば　　　　4.　なって

⑧ こんしゅうの　日曜日　どうぶつえんへ　_____と　思っています。
1.　行った　　　　2.　行こう　　　　3.　行けば　　　　4.　行って

解答與題目中譯

①	②	③	④	⑤	⑥	⑦	⑧
3	2	3	4	3	1	3	2

【題目中譯】

① 明日は遅れるなよ。早めに来いよ。
　　明天不要遲到喔！早點來喔！

② 頑張れ。まだあきらめるな。
　　加油。還不要放棄。

③ 明日雨なら試合は中止します。
　　明天若下雨的話，比賽會停辦。

④ これ以上聞きたくない。もう言うな。
　　我不想再聽了。不要再說了。

⑤ そろそろ出かけよう。
　　差不多出門吧！

⑥ 「ここに車を止めるな」と書いてありますから、他の所に止めましょう。
　　因為寫著「這裡不要停車」，所以我們停別的地方吧！

⑦ 将来大人になれば、わかりますよ。
　　將來成為大人就會懂了喔！

⑧ 今週の日曜日動物園へ行こうと思っています。
　　我打算這週日去動物園。

Day 10 可能形、被動形、使役形

一、可能形【能～／可以～】

動詞類別	動詞ます	變化規則	可能動詞
I	書きます 急ぎます 使います 持ちます 作ります	改成え段音	書けます 急げます 使えます 持てます 作れます
II	食べます 見ます	ます→られます	食べられます 見られます
III	します 来ます	特殊變化	できます 来られます

📍 敘述能夠或可以做某事。變成可能動詞後就不是表示動作而是表示能夠或可以做某事的狀態。由於是表示狀態，變可能動詞時，他動詞的助詞「を」要改成助詞「が」。自動詞變可能動詞時，助詞不需改變保持原本一樣助詞就可以。

---

① **田中さんはフランス語が話せます。**

田中先生會說法文。

② **ここで新幹線のチケットが買えます。**

在這裡可以買到新幹線的票。

二、 被動形【被～】

動詞類別	動詞ます	變化規則	被動動詞
I	書_かきます 急_{いそ}ぎます 使_{つか}います * 持_もちます 作_{つく}ります	改成あ段音，ます改成れます ＊い→わ	書_かかれます 急_{いそ}がれます 使_{つか}われます * 持_もたれます 作_{つく}られます
II	食_たべます 見_みます	ます→られます	食_たべられます 見_みられます
III	します 来_きます	特殊變化	されます 来_こられます

📍 表示主詞的人事物被某對象～。被誰做的對象用助詞「に」來接。但若被動動詞部分是和「創造」或「發現」（例：書く、デザインする、作る、建てる、発見する）相關意思時，人的對象要用「によって」（由～）來接。

---

① 旅行中_{りょこうちゅう}に、泥棒_{どろぼう}にパスポートと財布_{さいふ}を盗_{ぬす}まれました。

旅行時被小偷偷了護照跟錢包。

② このホテルは有名_{ゆうめい}な建築家_{けんちくか}によって設計_{せっけい}されました。

這間飯店是由有名的建築家所設計的。

三、使役形【讓～／使～】

動詞類別	動詞ます	變化規則	使役動詞
I	書きます 急ぎます 使います * 持ちます 作ります	改成あ段音，ます改成せます ＊い→わ	書かせます 急がせます 使わせます * 持たせます 作らせます
II	食べます 見ます	ます→させます	食べさせます 見させます
III	します 来ます	特殊變化	させます 来させます

📍 表示主詞的人叫別人去做某事。若自動詞變使役動詞時，人的對象用助詞「を」。若他動詞變使役動詞時，人的對象用助詞「に」。

---

① **田中課長は山下さんに資料をコピーさせました。**

田中課長讓山下先生去影印資料。

② **私は子供をアメリカへ留学させます。**

我會讓小孩去美國留學。

四、使用使役形的句型

句型 1：～させてください／くださいませんか／いただけませんか

【能不能請你讓我～呢？】

| 使役動詞て形 + | ください。
くださいませんか。
いただけませんか。 |

🔵 用使役動詞て形搭配請求，表示請對方讓自己做某事。

---

① ちょっとパソコンを使わせてくださいませんか。

能不能讓我使用一下電腦呢？

② 来週の月曜日に会社を休ませていただけませんか。

下週一能讓我向公司請假嗎？

練習問題

① A：日本語の　うたが　_____か。
　　B：はい、うたうことが　できます。
　　1.　うたいます　　　　　　　　2.　うたえます
　　3.　うたわれます　　　　　　　4.　うたわせます

② 課長、その仕事を　わたしに　_____　いただけませんか。
　　1.　やらせて　　　2.　やられて　　　3.　やって　　　　4.　やれて

③ 社長は　山下さんに　会議の　しりょうを　_____。
　　1.　準備しました　　　　　　　2.　準備されました
　　3.　準備させました　　　　　　4.　準備できました

④ けさ　課長に　_____、すこし　悲しいです。
　　1.　しかって　　　　　　　　　2.　しかられて
　　3.　しからせて　　　　　　　　4.　しかってあげて

⑤ あした　田中さん_____　会えますか。
　　1.　が　　　　　2.　で　　　　　3.　に　　　　4.　を

⑥ わたしは　電車で　となりの人_____　足を　ふまれました。
　　1.　を　　　　2.　に　　　　3.　で　　　　4.　は

⑦ トマト_____　食べられますか。
　　1.　が　　　　2.　を　　　　3.　で　　　　4.　に

⑧ このどうぶつは　アメリカの　研究者_____　はっけんされました。
　　1.　から　　　　2.　まで　　　3.　を　　　　4.　によって

解答與題目中譯

①	②	③	④	⑤	⑥	⑦	⑧
2	1	3	2	3	2	1	4

【題目中譯】

① A：日本語の歌が歌えますか。

你會唱日文歌嗎？

B：はい、歌うことができます。

會，我會唱。

② 課長、その仕事を私にやらせていただけませんか。

課長，可以讓我做那份工作嗎？

③ 社長は山下さんに会議の資料を準備させました。

社長讓山下先生準備會議的資料。

④ けさ課長に叱られて、少し悲しいです。

今天早上被課長罵，有一點難過。

⑤ 明日田中さんに会えますか。

明天能和田中先生見面嗎？

⑥ 私は電車で隣の人に足を踏まれました。

我在電車裡被隔壁的人踩到腳了。

⑦ トマトが食べられますか。

你敢吃番茄嗎？

⑧ この動物はアメリカの研究者によって発見されました。

這隻動物是由美國的研究家所發現的。

Day 11 尊敬語、謙讓語

一、尊敬語

「尊敬語」意思是在正式場合或是和比自己地位高的人說話時，用抬高對方的方式來對於對方做的動作表達敬意。動詞變成尊敬語後，和原本的動詞意思是一樣的，只是多了更尊敬對方的語感。若對方對自己用尊敬語時，回答時要注意不要對自己的動作用尊敬語。

1. 規則變化 1

🔵 動詞的變化方式和被動動詞一樣。變化方式請參照 Day10。

---

① 山下社長はもう帰られました。

　山下社長已經回家了。

② A：お酒を飲まれますか。

　　您喝酒嗎？

　B：いいえ、飲みません。

　　不，我不喝酒。

2. 規則變化 2

> お　　＋　　動詞ます　　＋　　になります。

🔵 比上一點的「規則變化 1」的尊敬程度更高。動詞時態由「なります」做變化。但此尊敬表達方式有一些限制，第二類動詞（上下一段動詞）的單音節動詞，例如「見る」、「いる」、「着る」以及第三類動詞（カ行サ行變格動詞）的「する」、「来る」不能使用。不能使用的動詞會使用「規則變化 1」或是下一點說明的「不規則變化」來表示。

---

① 山下社長はもうお帰りになりました。

　山下社長已經回家了。

② もう12時ですね。少しお休みになりますか。

　已經 12 點了呢！要不要休息一下呢？

3. 不規則變化

丁寧語	尊敬語	中文意思
食べます	召し上がります	吃
飲みます		喝
言います	おっしゃいます	說
くれます	くださいます	給我
見ます	ご覧になります	看
行きます	いらっしゃいます	去
います		在
来ます		來
します	なさいます	做
知っています	ご存知です	知道
～です	～でいらっしゃいます	是

📍 尊敬程度和尊敬語規則變化 2 相同。不規則變化直接背起來即可。

---

① 先週送った資料はもうご覧になりましたか。

上週寄給您的資料已經看了嗎？

② 鈴木さんが会社を辞めるのをご存知ですか。

您知道鈴木先生要辭職的事嗎？

二、謙讓語

▷▷▷▷ 謙讓語若細分會分為「謙讓語Ⅰ」及「謙讓語Ⅱ」。「謙讓語Ⅱ」又會稱為「丁重語」。
謙讓語Ⅰ：表示自己要做某事時，用矮化自己的方式對做事的對象表示敬意的表達方式。
一定會有動作關係到的人。
謙讓語Ⅱ（丁重語）：表示自己要做某事時，對說話的對象表示禮貌。不會對特定的對
象有動作關係。敘述對象不限定是人，事情或物品都可以使用。在需要禮貌的場合，用
非常禮貌方式對對方說話。讓說話內容聽起來好聽的作用。

1. 規則變化 1（謙讓語Ⅰ）

お ＋ 動詞ます ＋ します。

📍【我來為您～】表示用矮化自己的方式來對對方表示敬意的表達方式。敘述說話者會幫對方
做某事。但此尊敬表達方式有一些限制，第二類動詞（上下一段動詞）的單音節動詞「見る」、
「いる」、「着る」及第三類動詞（カ行サ行變格動詞）的「する」、「来る」不能使用。
不能使用的動詞會使用「謙讓語規則變化 2」或是「不規則變化」來表示。

---

① 会議の資料は明日お送りします。

會議的資料我明天會寄送給您。

② コーヒーをお入れしましょうか。

要不要給您泡咖啡呢？

2. 規則變化 2（謙讓語Ⅰ）

ご ＋ 漢語動詞

📍【我來為您～】表示用矮化自己（主詞）的方式來對對方表示敬意的表達方式。敘述說話者
會幫對方做某事。常用動詞為：ご＋説明します、用意します、連絡します、紹介します、
招待します、案内します、相談します

---

① それでは、明日の予定をご説明します。

那麼，我來為您說明明天的行程。

② また3時にお電話します

我 3 點會再撥電話給您。

3. 不規則變化（謙讓語Ⅰ／謙讓語Ⅱ）

丁寧語	謙讓語Ⅰ	謙讓語Ⅱ （丁重語）	中文意思
食^たべます			吃
飲^のみます	いただきます		喝
もらいます			得到、收下
聞^ききます	伺^{うかが}います		聽
（うちへ）行^いきます			拜訪（別人家、公司等）
会います	お目^めにかかります		見面
見ます	拝見^{はいけん}します		看
言います	申^{もう}し上^あげます	申^{もう}します	說
知ります	存^{ぞん}じ上^あげます	存^{ぞん}じます	知道
行きます		参^{まい}ります	去
来ます			來
います		おります	在
します		いたします	做

📍 【我來為您～／我做～】不規則變化有「謙讓語Ⅰ」和「謙讓語Ⅱ」。不規則變化直接背起來即可。

---

① 昨日^{きのう}佐藤部長^{さとうぶちょう}にお目^めにかかりました。

　　昨天有和佐藤部長見面。

② これからお世話^{せわ}になります。木村^{きむら}と申^{もう}します。

　　今後要請您多多關照。敝姓木村。

練習問題

① 会議で　どんな　意見を　_____か。
   1.　おっしゃいました　　　　　　2.　めしあがりました
   3.　いらっしゃいました　　　　　4.　なさいました

② にもつが　多いですね。お持ち_____。
   1.　なります　　　2.　です　　　　3.　します　　　　4.　います

③ 部長は　もう　かいぎしつに　_____。
   1.　ありました　　　　　　　　2.　いらっしゃいます
   3.　おいになります　　　　　　4.　いさせられます

④ 先生は　何時に　_____か。
   1.　来られます　　　　　　　　2.　来させます
   3.　来ています　　　　　　　　4.　お来になります

⑤ きのう　高校時代の　先生に　_____。
   1.　拝見しました　　　　　　　2.　お目にかかりました
   3.　ご覧になりました　　　　　4.　存じました

⑥ A：おしごとは　何を　_____いますか。
   B：英語教師を　しています。
   1.　めしあがって　　　　　　　2.　いらっしゃって
   3.　なさって　　　　　　　　　4.　おっしゃって

⑦ 佐藤さんは　いつ　会社に　お_____になりますか。
   1.　戻り　　　　2.　戻る　　　　3.　戻った　　　　4.　戻って

⑧ 今日は　ありがとうございました。そろそろ　失礼_____。
   1.　いたします　　2.　まいります　　3.　ぞんじます　　4.　もうします

解答與題目中譯

①	②	③	④	⑤	⑥	⑦	⑧
1	3	2	1	2	3	1	1

【題目中譯】

① 会議でどんな意見をおっしゃいましたか。

您在會議中說了什麼樣的意見呢？

② 荷物が多いですね。お持ちします。

您的行李很多呢！我幫您拿。

③ 部長はもう会議室にいらっしゃいます。

部長已經在會議室了。

④ 先生は何時に来られますか。

老師會幾點來呢？

⑤ きのう高校時代の先生にお目にかかりました。

我昨天和高中時期的老師見面了。

⑥ A：お仕事は何をなさっていますか。

您從事什麼工作呢？

B：英語教師をしています。

我在當英語教師。

⑦ 佐藤さんはいつ会社にお戻りになりますか。

佐藤先生什麼時候會回公司呢？

⑧ 今日はありがとうございました。そろそろ失礼いたします。

今天非常謝謝您。我差不多要告辭了。

Day 12　N4 必懂「代名詞」及「連接詞」用法

一、代名詞

代名詞顧名思義就是「代替名詞」的詞，表示不直接稱呼人、事、物的原本名稱，而是藉由替代名稱的方式來稱呼的詞。

代名詞可分為「人稱代名詞」和「指示代名詞」。「人稱代名詞」表示用來指稱特定的「人」的代名詞。分為第一人稱（我）、第二人稱（你／妳）以及第三人稱（他／她／那個人）。而「指示代名詞」則表示用來指稱特定的物、場所、方向等的代名詞。

日文的指示代名詞又稱為「こそあど言葉」，也就是代名詞會以「こ」、「そ」、「あ」、「ど」四個字開頭表示。
－「こ」開頭的指示代名詞：表示指的人事物靠近說話者。
－「そ」開頭的指示代名詞：表示指的人事物靠近聽話者。
－「あ」開頭的指示代名詞：表示指的人事物離說話者跟聽話者都遠。
－「ど」開頭的指示代名詞：表示不確定的疑問詞（不定称），「哪～」的意思。

---

1. こんなに／そんなに／あんなに／どんなに
【這樣地～／那樣地～／那樣地～／多麼地～？】

◉ 後面接形容詞或是動詞。

---

① 木村さんがそんなに歌が上手なのは知りませんでした。

我之前不知道木村先生唱歌那麼地好聽。

② どんなにおいしくても食べ過ぎたら体に良くないですよ。

無論多麼地好吃，如果吃太多的話還是對身體不好喔！

2. このような／そのような／あのような／どのような

【像這樣的～／像那樣的～／像那樣的～／像哪樣的～】

📍 要搭配名詞使用。表示「類似哪樣的～」之意。和「こんな／そんな／あんな／どんな」一樣意思，且「こんな／そんな／あんな／どんな」比較口語。

---

① このような事件がもう二度と起こらないように願います。

我希望不要再發生這類的事件了。

② もうどのようなことが起きても驚きません。

無論再發生什麼樣的事情，我都不驚訝了。

3. このように／そのように／あのように／どのように

【像這樣地～／像那樣地～／像那樣地～／怎麼樣地～】

📍 常敘述手段或是方法。後面接形容詞或是動詞。「このように」也可翻譯成「如此」、「因此～」、「如前文所述～」等。

---

① みなさんもこのようにやってみてください。

請大家也像這樣做看看。

② 富士銀行までどのように行けばいいですか。

到富士銀行要怎麼去才好呢？

4. こういう／そういう／ああいう／どういう

【這種／那種／那種／哪種】

📍 要搭配名詞使用。和「こんな」「このような」等差不多一樣意思，但「こういう」的語氣為比較客觀。

---

① そういうことはあまり言わないほうがいい。

不要常說那樣的事情比較好。

② この漢字はどういう意味ですか。

這個漢字是什麼意思呢？

二、連接詞

「連接詞」又稱為「接續詞」是用來承接前後句子的詞。可表示累加、順接、逆接等意思。

1. それに【而且～／再加上～】

🔘 累加敘述相似的内容時使用。

---

① この会社に決めたのは仕事内容が楽しそうだし、家からも近いし、それに給料も高いからです。

我決定選這間公司是因為工作内容看起來很有趣，離家裡也很近，而且薪水也很好。

② 木村さんは優しいし、それにとてもきれいです。

木村小姐很溫柔，而且也非常漂亮。

2. その上【而且～／再加上～】

🔘 和「それに」一樣是「而且」的意思。但較常敘述特別的内容，語氣來說較強調「その上」後面的事項。另外，後項句子不接願望、請求、命令等句子。

---

① 今日は学校に遅刻してしまった。その上、宿題も忘れてしまった。

今天上學遲到了。而且還忘記作業。

② 田中さんに相談に乗ってもらった。その上、夕食までおごってくれた。

我請田中先生聽我商量。而且他還請我吃晚餐。

3. すると【於是～】

🔘 敘述發生了前項的事，於是發生了後項的事。

---

① 彼女に「どうしたの？」と聞いてみた。すると、彼女は急に泣いた。

我問看看她「妳怎麼了？」。於是她就突然哭了。

② 夢の中でビルから落ちた。すると、その瞬間目が覚めた。

我在夢中從大樓掉下去。於是那瞬間，我就醒過來了。

4. それで【因此~／然後~】

🔍 「それで」有兩種使用方式。1. 表示因為前項的原因，因此有這樣的結果。常翻譯成「因此~」、「所以~」等。2. 為了延續話題用的連接詞，常翻譯成「然後~」。

---

① ここの食堂はおいしいし、値段も安いんです。それでよくここで食べるんです。

這間餐廳很好吃，價格也很便宜。所以我經常在這裡吃。

② それで、あの後どうなったんですか。

然後，那之後變得怎麼樣呢？

5. ところで【話說~】

🔍 用於轉移話題時使用。

---

① A：今日は暑いですね。

今天很熱呢！

B：ええ。ところで、明日の会議の資料はできましたか。

對呀！話說，明天的會議資料完成了嗎？

② A：日本語は難しいですが、おもしろいですね。

雖然日文很難，但很有趣呢！

B：ええ、そうですね。ところで、来週の旅行に参加しますか。

對呀！話說，你會參加下週的旅行嗎？

練習問題

① A：あの　お店の　料理は　ほんとうに　おいしいんですよ！
　　B：へえ、＿＿＿＿　おいしいんですか。
　　1．こんな　　　2．そんなに　　3．ああいう　　4．どのような

② この　りんごは　甘いですね。＿＿＿＿　やすいです。
　　1．それに　　　2．それで　　　3．すると　　　4．ところで

③ 美容師：今日は　どのような　髪型に　したいですか。
　　客：（写真を　見せながら）＿＿＿＿ふうに　してください。
　　1．ああいう　　2．どういう　　3．こういう　　4．そういう

④ ＿＿＿＿やり方は　よくないと　思いますよ。
　　1．そういう　　2．すると　　　3．ですから　　4．そんなに

⑤ A：もうすぐ　試験ですね。
　　B：ええ。＿＿＿＿、今日の　宿題を　出しましたか。
　　1．でも　　　　2．すると　　　3．では　　　　4．ところで

⑥ いらっしゃいませ。＿＿＿＿かばんを　お探しですか。
　　1．このように　2．それに　　　3．どのような　4．すると

⑦ ひとりで　＿＿＿＿たくさんの　料理を　作ったんですか。
　　1．この　　　　2．こんな　　　3．こんなに　　4．このような

⑧ 公園の　ベンチに　座った。＿＿＿＿、知らない人が　話しかけてきた。
　　1．すると　　　2．ですから　　3．ところで　　4．それに

解答與題目中譯

①	②	③	④	⑤	⑥	⑦	⑧
2	1	3	1	4	3	3	1

【題目中譯】

① A：あのお店の料理は本当においしいんですよ！
   那間店的料理真的很好吃喔！

   B：へえ、**そんなに**おいしいんですか。
   哦一，那麼好吃嗎？

② このりんごは甘いですね。**それに**安いです。
   這顆蘋果很甜呢！而且還便宜。

③ 美容師：今日はどのような髪型にしたいですか。
   美髮師：今天想要弄成什麼樣的髮型呢？
   客：（写真を見せながら）**こういう**ふうにしてください。
   客人：（一邊出示照片）請幫我弄成這樣子。

④ **そういう**やり方はよくないと思いますよ。
   我認為那樣的做法是不好的喔！

⑤ A：もうすぐ試験ですね。
   快要考試了呢！

   B：ええ。**ところで**、今日の宿題を出しましたか。
   對呀！話說，你有交今天的作業嗎？

⑥ いらっしゃいませ。**どのような**かばんをお探しですか。
   歡迎光臨。您在找什麼樣款式的包包呢？

⑦ 一人で**こんなに**たくさんの料理を作ったんですか。
   你是一個人做出這麼多的料理嗎？

⑧ 公園のベンチに座った。**すると**、知らない人が話しかけてきた。
   我坐在公園的長椅。於是不認識的人跟我搭話了。

Day 13 # N4 必懂「副詞」用法（一）

副詞用來修飾動詞或形容詞。副詞要放在要修飾的詞前面。

一、まだ

1. まだです／まだ動詞て形いません【還沒～】

まだ	＋	です。 動詞て形いません。

◉ 和對方敘述還沒做某事。不需要特別說明動作時直接接「です」做結尾。若需要說明動作時要接「動詞て形いません」。

① A：もう朝ごはんを食べましたか。

　　你已經吃早餐了嗎？

　 B：いいえ、まだです。（＝まだ食べていません。）

　　不，還沒。（＝還沒吃。）

② まだ宿題をしていません。

　我還沒寫作業。

2. まだ～です／まだ～じゃありません【還是～／還不是～】

まだ	＋	～です。 ～じゃありません。

◉ 敘述還是或還不是做某動作。

① まだ食_たべたいです。

我還想吃。

② まだ会議_{かいぎ}の時間_{じかん}じゃありません。

還不是會議的時間。

3. まだ動詞ます／まだ動詞ません【還要～／還不～】

まだ	＋	動詞ます。 動詞ません。

📍 敘述還要做某動作或還不要做某動作、還不是某狀態時使用。

① まだ飲_のみます。

我還要喝。

② その件_{けん}についてはまだ詳_{くわ}しいことがわかりません。

關於那件事還不清楚詳細的情況。

4. まだ可能動詞ます／まだ可能動詞ません【還能～／還不能～】

まだ	＋	可能動詞ます。 可能動詞ません。

📍 敘述還能做某動作或還不能做某動作時使用。

① まだ食_たべられます。

我還能吃。

② 怪我_{けが}がまだ治_{なお}っていないので、まだ走_{はし}れません。

因為受傷還沒好，所以還無法跑。

5. まだ動詞て形います【還在～】

> まだ ＋ 動詞て形います。

○ 敘述還在持續做某動作時使用。

---

① 山下さんはまだ会議をしています。

山下先生還在開會。

② 佐藤さんはまだ昼ご飯を食べています。

佐藤小姐還在吃午餐。

二、做事的態度

1. きちんと【好好地～／規規矩矩地～／整齊地～】

○ 表示好好地某做事。有「到各種細部都有注意、很整齊」的語感。用「きちんとした」 修飾名詞。

---

① きちんと掃除してください。

請你打掃乾淨。（＊到細部都要打掃乾淨的意思。）

② きちんとした服装で参加してください。

請你穿整齊的服裝參加。（＊不穿邋遢的衣服，要穿整齊的的語感。）

2. ちゃんと【好好地～】

○ 表示好好地某做事。有「要保持體面、得體、處理到給別人看到也沒關係的程度」的語感。 用「ちゃんとした」修飾名詞。

---

① ちゃんと掃除してください。

請你打掃乾淨。（＊打掃到給人看到也沒關係的程度的語感。）

② ちゃんとした服装で参加してください。

請你穿得體的服裝參加。（＊穿適合那個場合的衣服的語感。）

3. 直接【直接～】

📍 表示直接地做某動作、行為。

---

① 彼に直接自分の本当の気持ちを話すつもりです。

我打算向他直接説自己真正的心情。

② 直接行ってみたらどうですか。

你要不要直接去看看呢？

4. できるだけ【盡可能～／盡力～】

📍 表示盡力做某動作、行為。

---

① できるだけ日本語で話してみてください。

請你盡可能用日文説看看。

② 明日はできるだけ早く帰りたいです。

明天我想要盡快回家。

5. 自由に【自由地～】

📍 表示自由地、無拘無束地做某動作、行為。

---

① テーブルの上の料理は自由に食べてください。

桌子上的料理請你隨意地吃。

② 自由に生きられることはとても幸せなことです。

能自由地生活是非常幸福的事。

三、時間、頻率

1. この頃【最近～／這陣子～】

📍 表示最近、這陣子都是這樣的情況。常用於敘述狀態或是現象等句子。

---

① 田中さんはこの頃よく遅刻する。

田中先生這陣子經常遲到。

② この頃体の調子がよくないです。働きすぎかもしれません。

我最近身體的狀況不太好。或許是工作過度了。

2. 大抵【大致上～／大部分都在～】

📍 也可當名詞使用。表示大部分或大致上都是後項的狀態或是做後項的動作。

---

① 休みの日はたいてい家でドラマを見たり、ごろごろしたりしています。

休假日我大部分都在家裡看連續劇或是耍廢。

② 一人でいる時間が長かったので、大抵のことは自分ひとりでできる。

因為一個人的時間太久了，大致上的事情都可以自理。

3. たった今【剛～】

📍 表示在時間上剛發生某事或是剛做完某事。常和句型「動詞た形ところです」一起使用。

---

① たった今授業が終わったところです。

我才剛下課而已。

② 彼女：ごめん、待った？

女朋友：對不起，等很久嗎？

彼氏：ううん、僕もたった今着いたところだよ。

男朋友：沒有，我也才剛到喔！

4. 今にも【眼看就要～】

○ 表示眼看就要發生某事。常和表示對未來推測的「～そうです」一起使用。

① 空が暗いですね。今にも雨が降りそうです。

天色很暗呢！眼看就要下雨了。

② 彼女は今にも泣きそうな顔で僕を見た。

她用一副快要哭出來的臉看我。

5. 偶に【有時候～／偶爾～】

○ 表示有時會是某狀態或是做後項的動作。和「時々」差不多一樣意思，但「時々」的頻率較高一些。

① 偶には一人で静かに旅行するのもいいですよ。

偶爾一個人靜靜地旅行也是不錯喔！

② 偶には他の人の意見を聞くのも大事だ。

偶爾聽一下別人的意見也是重要的。

練習問題

① こどもは ＿＿＿＿ 寝た ところです。
　　1. きちんと　　　2. まだ　　　　3. たったいま　4. いまにも

② この 授業では 言いたいことを ＿＿＿＿ 話すことが できます。
　　1. このごろ　　　2. じゆうに　　3. いまにも　　4. たいてい

③ もう 11時なのに、息子は ＿＿＿＿寝ません。
　　1. ちょくせつ　2. たまに　　　3. まだ　　　　4. できるだけ

④ 毎朝 ジョギングを していますが、＿＿＿＿しないときも あります。
　　1. たまに　　　2. もう　　　　3. ちょくせつ　4. なかなか

⑤ レポートは まだ ＿＿＿＿。今晩 書きます。
　　1. 書きました　　　　　　　　　2. 書いています
　　3. 書いていません　　　　　　　4. 書けました

⑥ 荷物が ＿＿＿＿ 倒れそうです。
　　1. じつは　　　2. いまにも　　3. きちんと　　4. できるだけ

⑦ 日曜日は ＿＿＿＿ 掃除したり、洗濯したり、休んだりしています。
　　1. たいてい　　2. だんだん　　3. たったいま　4. ちょくせつ

⑧ ＿＿＿＿ 座ってください。
　　1. このごろ　　2. ちゃんと　　3. いまにも　　4. もし

解答與題目中譯

①	②	③	④	⑤	⑥	⑦	⑧
3	2	3	1	3	2	1	2

【題目中譯】

① 子供はたった今寝たところです。
小孩才剛睡著。

② この授業では言いたいことを自由に話すことができます。
在這堂課程可以自由地說出想說的意見。

③ もう 11 時なのに、息子はまだ寝ません。
明明已經 11 點了，兒子卻還不睡。

④ 毎朝ジョギングをしていますが、偶にしないときもあります。
雖然每天早上都會去慢跑，但偶爾還是有不跑的時候。

⑤ レポートはまだ書いていません。今晩書きます。
我還沒有寫報告。今晚會寫。

⑥ 荷物が今にも倒れそうです。
行李眼看就快倒了。

⑦ 日曜日は大抵掃除したり、洗濯したり、休んだりしています。
禮拜天大部分都在打掃、洗衣服、休息等等。

⑧ ちゃんと座ってください。
請你好好地坐。

N4 必懂「副詞」用法（二）

副詞用來修飾動詞或形容詞。副詞要放在要修飾的詞前面。

一、強調、推測

1. 必ず【一定～／絕對～】

📍 表示一定會做某動作。後接肯定句。

---

① 規則は必ず守ってください。

請你一定要遵守規則。

② 明日は必ず時間通りに来てください。

請你明天一定要準時來。

2. 絕対に【一定～／絕對～】

📍 表示絕對不會做某動作。後接否定句。

---

① もう絕対に彼の言う事を信じません。

我絕對不再相信他所說的話。

② そんなもの、絕対に食べたくないです。

那種東西，我絕對不想吃。

3. きっと【一定～】

📍 表示一定會是後項的情況。有說話者主觀認為的語感。

---

① きっとうまくいきますから、心配しないでください。

一定會順利，請你不要擔心。

② こんなに頑張ったんですから、きっと合格しますよ。

因為這麼努力了，一定會考過啦！

4. たぶん【可能～／應該～】

📍 表示依照某個根據推測可能會發生後項動作。確定性較高。常和確定性高的推測的句型「～でしょう」（可能是～吧）一起使用。

① 天気予報：明日はたぶん晴れでしょう。

天氣預報：明天應該會是晴天吧！

② このアパートは駅から近いですから、たぶん家賃が高いでしょう。

因為這個公寓離車站很近，所以房租可能很貴吧！

5. もしかしたら【或許～】

📍 表示說話者推測或許會發生後項動作。確定性較低。常和確定性低的推測句型「～かもしれません」（或許是～吧）一起使用。

① もしかしたら年末の旅行に参加できないかもしれません。

我或許沒辦法參加年底的旅行。

② 3月末に日本旅行をしたら、もしかしたら桜が見られるかもしれません。

如果3月底去日本旅行的話，或許能夠看到櫻花。

6. どうも【總覺得～】

📍 搭配推測意思的句型，例如「～ようです」（好像～）等一起使用時，表示說話者依照某種依據推測總覺得好像是這樣的情況。

① 渋滞で全然前に進めません。どうも事故のようですね。

因為塞車，完全無法前進。總覺得發生車禍了呢！

② どうも彼は嘘をついているようだ。

總覺得他在撒謊。

7. 確か【我記得好像是～】

📍 表示說話者在回想某個不太記得或是不確定的事情時使用。日本人在回想事情時常常會用過去式。

---

① 会議は確か明日の 13 時からだったと思いますよ。

我記得會議好像是明天下午 1 點開始喔！

② 傘は確かあのテーブルの下に置いたと思います。

我記得我好像把雨傘放在那張桌子下面。

8. やっと【終於～】

📍 表示終於是後項敘述的情況。

---

① やっと仕事が終わりました。

工作終於結束了。

② やっと夢が叶いました。

夢想終於實現了。

二、程度

1. かなり【頗為～／相當～】

📍 表示敘述某情況相當～時使用。雖然不是最棒的但還是有超過某水準或平均水準的意思。也可接續自己的心情或情緒。需注意對長輩使用會較為失禮。

---

① この料理かなり辛いよ。食べられる？

這道料理相當辣喔！你能吃嗎？

② 日本語能力試験に合格できて、かなり嬉しかった。

因為考過日文檢定，所以相當開心。

2. ずいぶん【非常〜／相當〜】

🔍 表示實際的程度已經超過說話者所想像的程度，所以很驚訝的含義。不太能接續自己的心情或情緒。

---

① 佐藤さんの息子さん、ずいぶん大きくなりましたね。

佐藤小姐的兒子長大了呢！（＊比想像中還相當大之意。）

② えっ、そのパソコン、ずいぶん高いんですね。

哇！那台電腦相當貴呢！

3. ほとんど【幾乎〜】

🔍 表示幾乎是後項敘述的情況。

---

① 今日の仕事はほとんど終わりました。

今天的工作幾乎完成了。

② 彼が言っていることは意味がほとんどわからない。

幾乎聽不懂他所說的話。

4. もっと【更〜／再〜】

🔍 表示「更〜」。

---

① おいしいですね。もっと食べたいです。

很好吃呢！想要再吃更多。

② 田中さんはテニスが上手ですが、鈴木さんはもっと上手ですよ。

雖然田中先生很會打網球，但鈴木先生更厲害喔！

5. はっきり【清楚地〜／清晰地〜】

📍 表示鮮明到能和其他東西明顯分別出來的狀態。

---

① 言いたいことがあるなら、はっきり言ってください。

如果有想要說的話的話，請你說清楚。

② ここからははっきり見えませんね。

從這裡看不清楚呢！

三、〜でも

1. いつでも【任何時候〜】

📍 表示任何時候都是後項敘述的情況或是做某動作。

---

① 何かわからないことがあったら、いつでも聞いてください。

如何有什麼不懂的事的話，任何時候都可以問我。

② A：いつ会えますか。

什麼時候能見面呢？

B：いつでもいいですよ。

任何時候都可以喔！

2. どこでも【任何地方〜】

📍 表示任何地方都是後項敘述的情況或是做某動作。＊在字典上雖然不是歸類為副詞，但建議一起背起來。

---

① ドラえもんの「どこでもドア」という道具が欲しいです。

我想要哆拉Ａ夢的「任意門」這個道具。

② 車を買ってから、どこでも行きたい所へすぐ行けるようになりました。

買了車之後，變得能馬上去任何想去地方了。

3. だれでも【任何人～】

📍 表示任何人都是後項敘述的情況或是做某動作。＊在字典上雖然不是歸類為副詞，但建議一起背起來。

---

① 誰でもいいですから手伝ってください。

任何人都可以，請幫幫我。

② このゲームは子供から大人まで誰でも楽しむことができる。

這款遊戲是從小孩到大人任何人都可以玩樂。

4. 何でも【任何東西～】

📍 表示任何東西都是後項敘述的情況或是做某動作。

---

① このお店の料理は何でもおいしい。

這間店的料理每一道都很好吃。

② 彼女は自分がしたいことは何でもする。

她只要是自己想做的事，任何事都會去做。

練習問題

① _____ 約束の　時間に　間に合わないかもしれません。
1. やっと　　　2. もしかしたら 3. どこでも　　4. はっきり

② おもしろそうなことは　_____して　みたいです。
1. はっきり　　2. どうも　　　3. なんでも　　4. たしか

③ 英語が　_____　上手ですね。どこで　習ったんですか。
1. かならず　　2. もっと　　　3. そろそろ　　4. ずいぶん

④ 斎藤さんは　高校時代に　_____大阪に　住んでいたと　思います。
1. たしか　　　2. かなり　　　3. はっきり　　4. そろそろ

⑤ 実際に　やってみる前は　「できない」という言葉を　_____言わな
いようにしている。
1. ぜったいに　2. やっと　　　3. もっと　　　4. だんだん

⑥ やりたくないなら、やりたくないと　_____言ったほうが　いいです
よ。
1. たしか　　　2. はっきり　　3. ずいぶん　　4. いちども

⑦ _____　実験に　成功しました。うれしいです。
1. どうも　　　2. はっきり　　3. なんでも　　4. やっと

⑧ 今より　_____　楽しい人生を　過ごしたいです。
1. たしか　　　2. たぶん　　　3. もっと　　　4. ほとんど

解答與題目中譯

①	②	③	④	⑤	⑥	⑦	⑧
2	3	4	1	1	2	4	3

【題目中譯】

① <u>もしかしたら</u>約束の時間に間に合わないかもしれません。

或許趕不上約定的時間。

② おもしろそうなことは<u>何でも</u>してみたいです。

看起來有趣的事我什麼都想做看看。

③ 英語が<u>ずいぶん</u>上手ですね。どこで習ったんですか。

你的英文相當厲害呢！你在哪裡學的呢？

④ 斎藤さんは高校時代に<u>確か</u>大阪に住んでいたと思います。

齊藤先生我記得他高中時期應該是住在大阪的。

⑤ 実際にやってみる前は「できない」という言葉を<u>絶対に</u>言わないようにしている。

實際做看看之前，我是盡量絕不說「做不到」這句話的。

⑥ やりたくないなら、やりたくないと<u>はっきり</u>言ったほうがいいですよ。

如果不想做的話，明確地說不想做會比較好喔！

⑦ <u>やっと</u>実験に成功しました。うれしいです。

終於實驗成功了。我很開心。

⑧ 今より<u>もっと</u>楽しい人生を過ごしたいです。

我想要過比現在更開心的人生。

Day 15　N4 必懂「助詞」用法（一）

一個助詞會有許多用法及意思，雖然往後還會學到更多意思，但在本書主要整理 N4 程度必懂的助詞概念來整理用法。

1. は

用法 1：　名詞は～

📍 表示句子的主詞、主題。「は」字當助詞時要念「わ」的音。著重於敘述後項的內容。

① これは先生のペンです。

　　這是老師的筆。

② 田中さんは犬を飼っています。

　　田中小姐有養狗。

用法 2：　名詞は～

📍 強調受詞作用。原本為助詞「を」或「が」，改成「は」後表示強調。

① 宿題は明日書きます。

　　作業我明天會寫。

② この資料は木村課長に見せてください。

　　這份報告請給木村課長看。

用法3：　　名詞₁は　　〜が、名詞₂は〜

◯ 敘述對比效果。

① **朝ごはんは食べますが、晩ごはんは食べません。**

早餐我會吃，但晚餐不會吃。

② **サッカーはよく見ますが、野球はあまり見ません。**

足球我經常看，但棒球就不怎麼看。

用法4：　　數量詞　　＋　　は

◯ 【至少〜】表示說話者認為至少有此數量。

① **パーティーの準備に10人は必要です。**

派對的準備至少需要10個人。

② **ここから空港まで1時間はかかります。**

從這裡到機場至少要花一個小時。

2. が

用法1：　　名詞が〜

◯ 表示句子的主詞、主題。強調前項資訊。因此若主詞是疑問詞時，為了要強調疑問詞，不能用「は」，一定要用「が」。

① **ああ！あの方が山下さんですか。**

啊一！原來那位才是山下先生啊！

② **だれが手伝ってくれますか。**

誰會幫你呢？

用法 2: 名詞₁ は 名詞₂ が 形容詞。

◉ 表示形容詞指的對象。「は」比較是大主題，而「が」是再更加特寫敘述的小主題概念。

---

① 小林さんはゴルフが上手です。

小林小姐很會打高爾夫球。

② このお店はコーヒーがおいしいです。

這間店咖啡很好喝。

用法 3: 名詞 が～ ＋ 名詞

◉ 修飾句中的主詞。

---

① これは田中さんが作ったケーキです。

這是田中先生做的蛋糕。

② 父が買った車は大きくてきれいです。

父親買的車又大又漂亮。

用法 4: 名詞が ＋ 自動詞

◉ 自動詞的固定助詞。有些自動詞固定需要使用助詞「が」來表達意思。

---

① 木村さんは子供が 2 人います。

木村小姐有 2 個小孩。

② 今雨が降っています。

現在正在下雨。

用法 5： 名詞（におい、味、音、声、感じ） ＋ が ＋ します

🔵 【有～】和用法 4 的自動詞的固定助詞一樣。但「します」當自動詞的用法，N4 很容易考，因此獨立拉出來說明。當「します」搭配「におい、味、音、声、感じ」等單字時，會表示有某種氣味、味道、聲音、感覺等意思。

① **このスープ、少し甘い味がします。**

　　這碗湯有一點甜味。

② **あの人、ちょっと変な感じがします。**

　　那個人有一點奇怪的感覺。

用法 6： 句子₁ が、句子₂。

🔵 【雖然～但是～】連接兩個句子變成一句，表示逆接關係。前項句子會翻「雖然～」，後項句子會翻「但是～」。前後會接相反意思的句子。也就是說若前項句子敘述正面的事，後項就要敘述負面的事。反之，前項敘述負面的事，後項就要敘述正面的事。

① **日本語は簡単ではありませんが、おもしろいです。**

　　雖然日文不是簡單的，但很有趣。

② **このお菓子はおいしいですが、高いです。**

　　這個零食雖然好吃，但很貴。

3. も

用法 1： 名詞も～

🔵 【也～】表示敘述句相同，表示「～也是～」之意。

① **木村さんは大学生です。田中さんも大学生です。**

　　木村先生是大學生。田中小姐也是大學生。

② **今日も暑いですね。**

　　今天也很熱呢！

【～和～都～】以「～も～も」的方式使用。後項接肯定表示「兩者都～」，接否定表示「兩者都不～」之意。

① このスーパーは肉も魚も安いです。

這間超市的肉跟魚都很便宜。

② こんなに働いているのに、お金も時間もありません。

明明這麼努力工作卻沒有錢也沒有時間。

用法3： 疑問詞 ＋ も ＋ 動詞否定

📍【～都沒～／～都不～】表示全部都否定。

① 彼はこのことについて何も知りません。

他關於這件事什麼都不知道。

② 連休は誰にも会いませんでした。

連假沒有和任何人見面。

用法4： 數量詞 ＋ も

📍【居然～／高達～】表示說話者認為此數量很多。

① 昨日は5時間も勉強しました。

昨天居然讀了5個小時的書。

② その映画はおもしろくて、3回も見ました。

因為那部電影很有趣，所以我看了高達3次。

4. の

用法 1 :　　名詞₁　の　名詞₂

📍【～的】名詞修飾名詞時使用。有時也可省略「の」後面的名詞。

---

① これは私の教科書です。

　　這是我的課本。

② この傘は佐藤さんのです。

　　這把傘是佐藤小姐的。

用法 2 :　　動詞普通形の
　　　　　　　い形容詞の
　　　　　　　な形容詞なの

📍 名詞化時使用。名詞化後可以接助詞之類來使用。

---

① 田中さんがアメリカへ留学に行くのを知っていますか。

　　你知道田中先生要去美國留學嗎?

② ご飯を食べた後に散歩するのは気持ちがいいです。

　　吃完飯後散步是很舒服的。

5. より

名詞　より～

📍【比起～／比～】表示某主詞比「より」前面的詞～。

---

① 今年の夏は去年の夏より暑いです。

　　今年的夏天比去年的夏天還要熱。

② 赤より緑のほうが田中さんに似合うと思います。

　　我認為比起紅色,綠色更適合田中小姐。

練習問題

① 今日＿＿＿＿　忙しいですが、明日＿＿＿＿　時間が　あります。
　　1．は／は　　　　2．も／も　　　　3．が／が　　　　4．と／と

② A：このカメラは　20万円で　買いました。
　　B：えっ、20万円＿＿＿＿　するんですか。
　　1．は　　　　　　2．も　　　　　　3．より　　　　　4．から

③ いまは　お茶＿＿＿＿　水のほうが　飲みたいです。
　　1．は　　　　　　2．より　　　　　3．が　　　　　　4．から

④ 完成まで　1か月＿＿＿＿　かかりますよ。
　　1．で　　　　　　2．に　　　　　　3．は　　　　　　4．の

⑤ 歴史＿＿＿＿　数学＿＿＿＿　得意なほうです。
　　1．は／は　　　　2．も／も　　　　3．が／が　　　　4．と／と

⑥ 今　頭が　いたいですから、なに＿＿＿＿　考えたくないです。
　　1．も　　　　　　2．を　　　　　　3．は　　　　　　4．が

⑦ この公園で　散歩する＿＿＿＿　気持ちがいいです。
　　1．のは　　　　　2．のと　　　　　3．のに　　　　　4．のを

⑧ これは　田中さん＿＿＿＿　撮った　富士山の　写真です。
　　1．は　　　　　　2．が　　　　　　3．で　　　　　　4．も

解答與題目中譯

①	②	③	④	⑤	⑥	⑦	⑧
1	2	2	3	2	1	1	2

【題目中譯】

① 今日は忙しいですが、明日は時間があります。
雖然今天很忙，但明天會有時間。

② A：このカメラは20万円で買いました。
這台相機我用 20 萬日幣買的。

B：えっ、20万円もするんですか。
哇！居然要 20 萬日幣嗎？

③ 今はお茶より水のほうが飲みたいです。
現在比起茶，更想喝水。

④ 完成まで1か月はかかりますよ。
到完成至少需要花 1 個月喔！

⑤ 歴史も数学も得意なほうです。
歷史和數學都是偏擅長的。

⑥ 今頭が痛いですから、何も考えたくないです。
因為現在頭痛，所以什麼都不想思考。

⑦ この公園で散歩するのは気持ちがいいです。
在這個公園散步是很舒服的。

⑧ これは田中さんが撮った富士山の写真です。
這是田中先生拍的富士山的照片。

Day 16 # N4 必懂「助詞」用法（二）

一個助詞會有許多用法及意思，雖然往後還會學到更多意思，但在本書主要整理 N4 程度必懂的助詞概念來整理用法。

1. と

用法 1：　名詞₁　と　名詞₂
　　　　　名詞　　と　動詞

📍【和～／與～】使用在「名詞和名詞」或是「和某人一起做某事」等。通常用「と」表示舉全部的事物。

① ラーメンと焼きギョーザを頼みました。

我點了拉麵和煎餃。

② 日曜日は家族とデパートへ買い物に行きました。

禮拜天和家人一起去百貨公司購物。

用法 2：　名詞₁　と　名詞₂　と

📍【～和】表示並列敘述。

① 男の人と女の人の間に犬が 2 匹います。

男生和女生中間有兩隻狗。

② 日本料理と韓国料理とどちらが食べたいですか。

日本料理和韓國料理你想吃哪一種呢？

用法3：　　句子普通形　と　言う／思う／伝える／書いてある／読む…。

◎ 表示引用助詞。把後項動詞的內容引用表達。

① 田中課長に会議の資料ができたと伝えてくださいませんか。

能夠幫我向田中課長轉達會議的資料完成了嗎？

② あそこに「駐車禁止」と書いてありますよ。

那邊寫著「禁止停車」喔！

2. ～や～（など）

名詞₁　や　名詞₂　　（など）～
名詞₁　など～

◎ 【～啊～，等等的】相較於助詞「と」是舉全部，助詞「や」表示從多項名詞中舉代表性的幾個例子來說明。

① 日本料理で寿司やすき焼きが好きです。

日本料理之中喜歡壽司啊壽喜燒啊等等。

② 冬になったら、温泉などに行きませんか。

到了冬天後要不要去溫泉之類的呢？

3. から

用法1：　　名詞（時間／場所）　から～

◎ 【從～】表示時間或場所的起點，表示從那時候或那地方～。

① 来週の月曜日から出張します。

我從下週一開始出差。

② 今日は仕事が終わったら、会社からそのまま友達との食事に行きます。

我今天下班後，會直接從公司去和朋友吃飯。

📍【從～】敘述製作某東西時候的原料。在此的原料意思是用眼睛看不出來的東西。後項會接
和製作意思有關的動詞。若敘述材料時，會用「で」，例句請參考助詞「で」。

① ビールは麦から作られます。

啤酒是用小麥作的。

② ワインはぶどうから作られます。

葡萄酒是用葡萄作的。

4. まで

名詞（時間／場所） まで～

📍【到～】表示時間或場所的終點，表示到那時候或那地方～。

① では、今日の会議はここまでです。

那麼今天的會議到這裡為止。

② 毎日学校まで歩いて行きます。

我每天走路到學校。

5. か

用法 1 ： 句子か。

📍【～嗎？／～呢？】放在句尾，語調往上變成疑問句。也可表示於用反問的方式進行確認。

① どの味がいちばん売れていますか。

哪一個味道賣得最好呢？

② A：今日はカレーにします。

我決定今天吃咖哩。

B：カレーですか。いいですね。

咖哩嗎？很棒呢！

用法 2： 句子 1 か、句子 2 か。

📍【～嗎？還是～呢？】放在句尾，讓對方選擇的疑問句。

① A：ホテルの部屋はツインにしますか、ダブルにしますか。

飯店的房間要兩張單人床的雙人房，還是一張雙人床的雙人房呢？

B：ツインにします。

我要兩張單人床的雙人房。

② A：赤ワインがいいですか、白ワインがいいですか。

你要紅酒還是白酒呢？

B：魚に合わせますから、白ワインのほうがいいですね。

因為要配魚，白酒比較好呢！

用法 3： そうですか。

📍【是這樣啊】「そうですか。」語調往下時表示感嘆語氣。

① A：ここをまっすぐ行くと、駅が見えますよ。

這條路直直走就會看到車站囉！

B：そうですか。ありがとうございます。

是這樣啊！謝謝你。

② A：お祭りは楽しかったですよ。

祭典很有趣喔！

B：そうですか。私も来年行ってみたいです。

是這樣啊！我明年也想去看看。

用法4：	動詞普通形 い形容詞 な形容詞	＋	か	動詞普通形 い形容詞 な形容詞	＋	か
	名詞	＋	か	名詞		

📍【～還是～／～或是～】表示「或者」，敍述二選一時使用。

---

① 薬を飲むか病院へ行くかしてください。

請你看是要吃藥還是去醫院。

② 黒か青のボールペンで書いてください。

請你用黑色或藍色的原子筆寫下。

6. ね

用法1：　句子ね。

📍【～呢】放在句尾。主要有以下五種意思。「表示對對方同情的語氣」、「稱讚對方的語氣」、「希望對方同意的語氣」、「同意對方的語氣」、「反問語氣」等。

---

① A：試合に負けてしまいました。

比賽輸掉了。

B：残念ですね。また次頑張りましょう。《同情、遺憾》

好可惜喔！下次再努力吧！

② A：日本の花火大会はきれいですね。《希望對方同意》

日本的煙火大會很漂亮呢！

B：ええ、本当にそうですね。《同意對方》

對呀！真的很漂亮呢！

用法 2：　　そうですね。

◉【嗯一／我想一下】用「そうですね」，搭配思考的語氣。在對話時還在思考時可以用。

① A：この近くにおいしい焼肉屋はありますか。

這附近有好吃的燒肉店嗎？

B：そうですね。ちょっと待ってください。探してみます。

嗯一，請稍等我一下。我找看看。

② A：同窓会はいつにしますか。

同學會要什麼時候舉行呢？

B：そうですね。ちょっとスケジュールを確認します。

我想一下喔。我確認一下行事曆。

7. よ

句子よ。

◉【～喔】放在句尾，可用於告訴對方不知道的事情，也可用於無論對方知不知道，但想要強調自己的意見或想法時。相當於中文的「～喔」的意思。

① A：すみません。このアパートでペットを飼ってもいいですか。

不好意思。在這棟公寓可以養寵物嗎？

B：ええ、いいですよ。

是，可以喔！

② あまり無理をしないほうがいいですよ。

不要太勉強會比較好喔！

練習問題

① 日本酒は　お米＿＿＿＿　作られます。
   1．から　　　　2．まで　　　　3．も　　　　4．や

② ことしの　旅行は　イギリス＿＿＿＿　フランスへ　行きたいです。
   1．ね　　　　　2．を　　　　　3．か　　　　4．で

③ すみません。この漢字は　何＿＿＿＿　読みますか。
   1．は　　　　　2．を　　　　　3．が　　　　4．と

④ A：来週の　旅行に　参加しますか。
   B：ええ、参加します＿＿＿＿。
   1．か　　　　　2．よ　　　　　3．まで　　　4．も

⑤ 今週の　土曜日＿＿＿＿　日曜日　会えますか。
   1．から　　　　2．まで　　　　3．か　　　　4．も

⑥ A：この車の色、きれいですね。
   B：ええ、本当に　きれいです＿＿＿＿。
   1．か　　　　　2．など　　　　3．と　　　　4．ね

⑦ ヨーロッパは　フランス＿＿＿＿　イタリアへ　行ったことが　あります。
   1．か　　　　　2．や　　　　　3．まで　　　4．など

⑧ きょうは　あさから　よる＿＿＿＿　1日中　忙しかったです。
   1．や　　　　　2．と　　　　　3．など　　　4．まで

解答與題目中譯

①	②	③	④	⑤	⑥	⑦	⑧
1	3	4	2	3	4	2	4

【題目中譯】

① 日本酒はお米から作られます。
日本酒是用米釀造的。

② 今年の旅行はイギリスかフランスへ行きたいです。
今年的旅行想要去英國或是法國。

③ すみません。この漢字は何と読みますか。
不好意思。這個漢字要怎麼讀呢？

④ A：来週の旅行に参加しますか。
你會參加下週的旅行嗎？

　 B：ええ、参加しますよ。
是，我會參加喔！

⑤ 今週の土曜日か日曜日会えますか。
這週六或日能見面嗎？

⑥ A：この車の色、きれいですね。
這台車子的顏色很漂亮呢！

　 B：ええ、本当にきれいですね。
對呀！真的很漂亮呢！

⑦ ヨーロッパはフランスやイタリアへ行ったことがあります。
歐洲我去過法國、義大利等。

⑧ 今日は朝から夜まで1日中忙しかったです。
今天從早到晚整天都很忙。

Day 17　N4 必懂「助詞」用法（三）

一個助詞會有許多用法及意思，雖然往後還會學到更多意思，但在本書主要整理 N4 程度必懂的助詞概念來整理用法。

1. へ

名詞（場所）へ　　+　　具有方向的動詞

📍【往～】表示「方向助詞」，需要搭配「行く（去）、来る（來）、帰る（回家）、曲がる（轉彎）」等具有方向的動詞使用。「へ」前面接和場所有關的名詞，表示往某個目的地、或那個方向。

① 次の角を右へ曲がってください。

請你在下一個轉角往右轉。

② そろそろ空港へ行きましょう。

差不多要去機場了吧！

2. を

用法 1：　　名詞（受詞）を　　+　　他動詞

📍 接他動詞的直接受詞。

① 卵と肉を混ぜてください。

請你把雞蛋跟肉攪拌在一起。

② すみません。予約をキャンセルしたいんですが。

不好意思。我想取消預約。

用法 2: 名詞（場所）を ＋ 自動詞

📍【從～（離開）】搭配從某場所離開意思的自動詞。表示動作離開的起點（動作離開的場所）。

---

① 来年大学を卒業します。

我明年會從大學畢業。

② どこでバスを降りたらいいですか。

我要在哪一站下公車才好呢？

用法 3: 名詞（場所）を ＋ 自動詞

📍【在～（移動）】表示動作的通過點。某動作在某個場所內移動。助詞「を」前面搭配場所。搭配動詞為「散歩する（散步）、歩く（走路）、走る（跑步）、通る（經過）、曲がる（轉彎）、渡る（過）、飛ぶ（飛）」等自動詞。

---

① 毎朝公園を走っています。

我每天早上都在公園跑步。

② この道を通って行きましょう。

我們走這條路去吧！

3. で

用法 1: 名詞（人）で ＋ 動詞

📍【～一起】表示包含主詞的人一起去做後項的動作。

---

① 休日は家族4人で食事します。

假日會家人 4 個人一起去吃飯。

② クラス全員でいい思い出を作りましょう。

班上全部的人一起製造美好的回憶吧！

用法2：　名詞（方法）で　＋　動詞

📍【用～】表示方法助詞。用前項名詞所敘述的方法、工具、交通工具、材料等去做後項的動作。

＊材料意思是用眼睛看得出來的東西。後項會接和製作意思有關的動詞。若敘述原料時，會用「から」，例句請參考助詞「から」。

① 現金で払います。

用現金付款。

② この建物は木で作られています。

這個建築物是用木頭建造的。

用法3：　名詞（場所）で　＋　動詞

📍【在～】表示場所助詞。表示後項動作或活動發生或舉行的場所，在某地方做某事。

① さっき駅前で事故が起きました。

剛剛在車站前面發生車禍了。

② 今年の夏は海で泳ぎたいです。

今年的夏天想要在海邊游泳。

用法4：　名詞（場所）で　名詞（活動）　が　あります

📍【在～】若「あります」接「地震、事故、台風、お祭り、試合」等表示災害或活動等意思的名詞時，表示在哪裏發生或舉行時要用助詞「で」接場所。

① 昨日大阪で地震がありました。

昨天在大阪發生了地震。

② 来週東京で花火大会がありますよ。

下週在東京會舉行煙火大會喔！

用法 5： 名詞（範圍）で～

📍【在～】表示限定範圍。在前項名詞所指定的範圍內去做選擇或做後項的事。

① **一年で春が一番好きです。**

一年之中最喜歡春天。

② **日本料理で寿司がいちばんおいしいと思います。**

我認為日本料理之中壽司是最好吃的。

用法 6： 名詞（原因）で～

📍【因為～】表示原因。因為前面的原因所以有後面的結果。較常敘述不好的原因。

① **台風で新幹線が止まりました。**

因為颱風，新幹線停駛了。

② **風邪で旅行に行けませんでした。**

因為感冒，所以沒辦法去旅行了。

用法 7： 數量詞 で～

📍【～就～】表示數量的限度。

① **この料理は 3 分でできます。**

這道料理 3 分鐘就能完成。

② **普段は 7000 円ですが、今日なら、3000 円で買えますよ。**

平常是 7000 日幣，但今天的話，3000 日幣就能買到了喔！

4. に

用法１：　　名詞（時間點）に　　＋　　瞬間動詞

🔘 【在～時候】如果要敘述某動作在某個時刻發生時，動詞前面的時間點有數字（幾點幾分／幾月幾號）、特定節日或日子（生日／過年／週末等）時需要加助詞「に」。接星期幾時要加不加都可以。

---

① **8月_{はちがつ}に友達_{ともだち}とヨーロッパ旅行_{りょこう}をします。**

8月會和朋友去歐洲旅行。

② **冬休_{ふゆやす}みに彼女_{かのじょ}とスキーに行_いきます。**

寒假會和女朋友去滑雪。

用法２：　　名詞（受益者）に　　＋　　授受動詞

🔘 【給～】若在授受動詞中，主詞的行為者給別人某物或付出某行為時，接受物品或是行為的對象（受益者）要用助詞「に」來接。

---

① **1日_{いちにち}に1回_{いっかい}彼女_{かのじょ}に電話_{でんわ}をかけます。**

我一天會打一次電話給女朋友。

② **佐藤_{さとう}さんに1万円_{いちまんえん}貸_かしました。**

我借了一萬日幣給佐藤先生。

用法３：　　名詞（行為者）に　　＋　　授受動詞

🔘 【從～（得到）】若在授受動詞中，主詞的受益者從別人那邊得到某物或接受某行為時，行為的對象（行為者）要用助詞「に」來接。有時也會使用「から」，尤其對象是機構時較常使用「から」。

---

① 山下先生に辞書を借りました。

我向山下老師借了字典。

② 田中さんに ABC 美術館への行き方を教えてもらいました。

我請田中先生告訴我 ABC 美術館的走法。

用法 4：　　名詞（期間）に　〜回　　＋　　動詞

📍【在（某期間內）做（幾次）某動作】敘述動作發生的頻率。表示在某期間內發生某動作的次數等。

---

① 1年に3回海外旅行に行きます。

一年會去 3 次國外旅行。

② この薬は1日に3回食事の後に飲んでください。

這顆藥請一天 3 次在飯後服用。

用法 5：　　名詞₁（目的地）へ　名詞₂（目的）に　　行きます　来ます　帰ります

📍【（去〜）做〜】和表達方向的動詞一起使用。表示去某地方時要做什麼事，敘述目的。

---

① 福岡へおいしい料理を食べに行きたいです。

我想要去福岡吃好吃的料理。

② ちょっと忘れ物を取りに来ました。

我來拿一下我忘記的東西。

用法6：　　名詞　に　＋　　自動詞

📍 有些自動詞需要固定使用助詞「に」。

---

① 会議に遅れてしまいました。

不小心會議遲到了。

② バスで学校に通っています。

我都搭公車上下學。

用法7：　　名詞（場所）に　＋　　います／あります

📍【在～】搭配表達存在的自動詞「います」及「あります」，用助詞「に」可敘述存在的場所。

---

① 家に犬が1匹と猫が2匹います。

我們家有一隻狗和兩隻貓。

② 冷蔵庫に飲み物がたくさんありますよ。

冰箱裡面有很多飲料喔！

用法8：　　名詞　に　＋　いいです、悪いです、便利です、不便です…
かかります、使います…

📍 敘述評價、用途、花費（時間／金錢）的對象等時使用。

---

① この袋は買い物に便利です。

這個袋子對於購物是方便的。

② このパソコンは仕事の資料を作るのに使います。

這台電腦是用來製作工作的資料。

用法 9 : 名詞（場所）に ＋ 自動詞

📍 【在～】表示動作的到達點。中文翻譯的順序若是「動作＋在 / 到 / 入＋場所」時，通常會用助詞「に」來接場所。

---

① 来週大学に入学します。

下週大學入學。

② 今東京に着きました。

我現在抵達東京。

練習問題

① 私も　空_____　飛んで　みたいです。
　　1.　へ　　　　　　2.　を　　　　　　3.　で　　　　　　4.　に

② このふくろは　紙_____　できて　います。
　　1.　で　　　　　　2.　に　　　　　　3.　へ　　　　　　4.　を

③ 何時に　東京_____　到着しますか。
　　1.　で　　　　　　2.　に　　　　　　3.　へ　　　　　　4.　を

④ あした　学校_____　サッカーの　しあいが　あります。
　　1.　で　　　　　　2.　に　　　　　　3.　へ　　　　　　4.　を

⑤ あの信号を　みぎ_____　曲がって　ください。
　　1.　を　　　　　　2.　で　　　　　　3.　へ　　　　　　4.　が

⑥ 地震_____　ビルが　たおれて　しまいました。
　　1.　へ　　　　　　2.　を　　　　　　3.　で　　　　　　4.　と

⑦ 車は　あそこの　駐車場_____　止めてください。
　　1.　が　　　　　　2.　か　　　　　　3.　を　　　　　　4.　に

⑧ みんな_____　いっしょに　行きましょう。
　　1.　の　　　　　　2.　で　　　　　　3.　に　　　　　　4.　から

解答與題目中譯

①	②	③	④	⑤	⑥	⑦	⑧
2	1	2	1	3	3	4	2

【題目中譯】

① 私も空を飛んでみたいです。
我也想要在天空飛看看。

② この袋は紙でできています。
這個袋子是用紙做的。

③ 何時に東京に到着しますか。
你幾點會抵達東京呢？

④ 明日学校でサッカーの試合があります。
明天在學校會舉行足球比賽。

⑤ あの信号を右へ曲がってください。
請你在那個紅綠燈往右轉。

⑥ 地震でビルが倒れてしまいました。
因為地震，大樓倒塌了。

⑦ 車はあそこの駐車場に止めてください。
車子請你停到那個停車場。

⑧ みんなで一緒に行きましょう。
大家一起去吧！

N4 必懂「數量詞」

數量詞用來數人、物品的數量等。日文的數量詞在數字或量詞部分有些會產生變化，如下表，要特別注意。這本主要整理 N4 需要具備的數量詞。N5 學習的數量詞可參考「N5 文法 14 天必考攻略」整理。

---

1. ～位【第～名】

1	<ruby>1<rt>いち</rt></ruby><ruby>位<rt>い</rt></ruby>	6	<ruby>6<rt>ろく</rt></ruby><ruby>位<rt>い</rt></ruby>
2	<ruby>2<rt>に</rt></ruby><ruby>位<rt>い</rt></ruby>	7	<ruby>7<rt>なな</rt></ruby><ruby>位<rt>い</rt></ruby>
3	<ruby>3<rt>さん</rt></ruby><ruby>位<rt>い</rt></ruby>	8	<ruby>8<rt>はち</rt></ruby><ruby>位<rt>い</rt></ruby>
4	<ruby>4<rt>よん</rt></ruby><ruby>位<rt>い</rt></ruby>	9	<ruby>9<rt>きゅう</rt></ruby><ruby>位<rt>い</rt></ruby>
5	<ruby>5<rt>ご</rt></ruby><ruby>位<rt>い</rt></ruby>	10	<ruby>10<rt>じゅう</rt></ruby><ruby>位<rt>い</rt></ruby>
		？	<ruby>何<rt>なん</rt></ruby><ruby>位<rt>い</rt></ruby>

📍 數名次、排名時使用。

---

① みんなで<ruby>1<rt>いち</rt></ruby><ruby>位<rt>い</rt></ruby>を<ruby>取<rt>と</rt></ruby>りましょう！

大家一起取得第 1 名吧！

② <ruby>試<rt>し</rt></ruby><ruby>合<rt>あい</rt></ruby>の<ruby>結<rt>けっ</rt></ruby><ruby>果<rt>か</rt></ruby>は<ruby>2<rt>に</rt></ruby><ruby>位<rt>い</rt></ruby>でした。

比賽的結果是第 2 名。

2. 〜号【〜號】

1	1号 いちごう	6	6号 ろくごう
2	2号 にごう	7	7号 ななごう
3	3号 さんごう	8	8号 はちごう
4	4号 よんごう	9	9号 きゅうごう
5	5号 ごごう	10	10号 じゅうごう
		?	何号 なんごう

📍 表示火車等班次、颱風、期刊期別、衣服尺寸時使用。

① 台風3号が近づいています。
たいふうさんごう ちか

　3號颱風正在接近中。

② すみません。このシャツで8号のはありますか。
はちごう

　不好意思。這件襯衫，尺寸有8號的嗎？

3. 〜軒【〜棟】
けん

1	1軒 いっけん	6	6軒 ろっけん
2	2軒 にけん	7	7軒 ななけん
3	3軒 さんげん	8	8軒 はっけん
4	4軒 よんけん	9	9軒 きゅうけん
5	5軒 ごけん	10	10軒 じゅっけん
		?	何軒 なんげん

📍 表示數建築物的數量。通常數比較小棟的房子、店家等時使用。

① 田んぼの中に家が1軒あります。
た なか いえ いっけん

　田的中間有一間房子。

② 彼は家を3軒持っています。
かれ いえ さんげん も

　他有三棟房子。

4. 〜足【〜雙】

1	1足 （いっそく）	6	6足 （ろくそく）
2	2足 （にそく）	7	7足 （ななそく）
3	3足 （さんぞく）	8	8足 （はっそく）
4	4足 （よんそく）	9	9足 （きゅうそく）
5	5足 （ごそく）	10	10足 （じゅっそく）
		?	何足 （なんぞく）

📍 表示數鞋子、襪子等幾雙時使用。

---

① 彼は同じ靴下を10足買いました。

他買了10雙一樣的襪子。

② 部屋の前にスリッパが2足置いてあります。

房間前面放著兩雙拖鞋。

5. 〜着【〜件】

1	1着 （いっちゃく）	6	6着 （ろっちゃく）
2	2着 （にちゃく）	7	7着 （ななちゃく）
3	3着 （さんちゃく）	8	8着 （はっちゃく）
4	4着 （よんちゃく）	9	9着 （きゅうちゃく）
5	5着 （ごちゃく）	10	10着 （じゅっちゃく）
		?	何着 （なんちゃく）

📍 表示數衣服幾件時使用。常用於上半身或連身的衣物。

---

① 冬に着るコートは3着あります。

我有3件冬天穿的大衣。

② 旅行にワンピースを2着持って行きます。

我要帶2件連身裙去旅行。

6. 〜か国【〜個國家、〜國】

1	1か国	6	6か国
2	2か国	7	7か国
3	3か国	8	8か国
4	4か国	9	9か国
5	5か国	10	10か国
		?	何か国

📍 表示數幾個國家時使用。

① 今まで40か国ぐらいへ行ったことがあります。

到目前為止有去過 40 個左右的國家。

② 5か国語話せるようになりたいです。

我想要變成會講 5 國語言。

7. 〜ミリ（メートル）【〜毫米、公釐】

1	1ミリ（メートル）	6	6ミリ（メートル）
2	2ミリ（メートル）	7	7ミリ（メートル）
3	3ミリ（メートル）	8	8ミリ（メートル）
4	4ミリ（メートル）	9	9ミリ（メートル）
5	5ミリ（メートル）	10	10ミリ（メートル）
		?	何ミリ（メートル）

📍 數毫米、公釐時使用。

① 自分で前髪を8ミリぐらい切りました。

我自己剪了 0.8 公分（8 公釐）左右的瀏海長度。

② 1センチは10ミリです。

1 公分就是 10 公釐。

8. ～センチ（メートル）【～公分】

1	1センチ（メートル）	6	6センチ（メートル）
2	2センチ（メートル）	7	7センチ（メートル）
3	3センチ（メートル）	8	8センチ（メートル）
4	4センチ（メートル）	9	9センチ（メートル）
5	5センチ（メートル）	10	10センチ（メートル）
		?	何センチ（メートル）

📍 數公分時使用。

---

① **わたしの身長は 160 センチです。**

我的身高是 160 公分。

② **高さ80 センチの棚が欲しいです。**

我想要 80 公分高的櫃子。

9. ～メートル【～公尺】

1	1メートル	6	6メートル
2	2メートル	7	7メートル
3	3メートル	8	8メートル
4	4メートル	9	9メートル
5	5メートル	10	10メートル
		?	何メートル

📍 數幾公尺時使用。

---

① **目的地まであと 600 メートルです。**

到目的地還有 600 公尺。

② **ここをまっすぐ50 メートルぐらい行くと、銀行があります。**

這條路直走 50 公尺左右就會有銀行了。

10. ～グラム【～克】

1	1<ruby>いち</ruby>グラム	6	6<ruby>ろく</ruby>グラム
2	2<ruby>に</ruby>グラム	7	7<ruby>なな</ruby>グラム
3	3<ruby>さん</ruby>グラム	8	8<ruby>はち</ruby>グラム
4	4<ruby>よん</ruby>グラム	9	9<ruby>きゅう</ruby>グラム
5	5<ruby>ご</ruby>グラム	10	10<ruby>じゅう</ruby>グラム
		?	何<ruby>なん</ruby>グラム

📍 數重量幾克時使用。

---

① 砂糖を 10 グラム入れてください。

請加入 10 克的砂糖。

② 牛肉を 300 グラム買いました。

我買了 300 克的牛肉。

11. ～キロ（メートル）、キロ（グラム）【～公里、～公斤】

1	1<ruby>いっき</ruby>キロ	6	6<ruby>ろっ</ruby>キロ
2	2<ruby>に</ruby>キロ	7	7<ruby>なな</ruby>キロ
3	3<ruby>さん</ruby>キロ	8	8<ruby>はっ</ruby>キロ
4	4<ruby>よん</ruby>キロ	9	9<ruby>きゅう</ruby>キロ
5	5<ruby>ご</ruby>キロ	10	10<ruby>じゅっ</ruby>キロ
		?	何<ruby>なん</ruby>キロ

📍 數公里數或公斤數時使用。

---

① 毎朝 5 キロ走っています。

我每天早上跑 5 公里。

② 3 か月で 8 キロ痩せました。

我 3 個月瘦了 8 公斤。

練習問題

① あさって　台風 7 _____ が　上陸します。
   1.　だい　　　　2.　まい　　　　3.　ごう　　　　4.　けん

② 豚肉を　300 _____　買って　きて　ください。
   1.　グラム　　　2.　センチ　　　3.　ミリ　　　　4.　メートル

③ 彼は　3 _____ 語　話せます。
   1.　かこく　　　2.　ごう　　　　3.　はい　　　　4.　ちゃく

④ 空港まで　あと 20 _____ です。
   1.　かこく　　　2.　キロ　　　　3.　グラム　　　4.　ごう

⑤ わたしは　くつを　30 _____　持っています。
   1.　びん　　　　2.　ちゃく　　　3.　かこく　　　4.　そく

⑥ 今回の　スピーチ大会は　3 _____ でした。
   1.　ちゃく　　　2.　い　　　　　3.　キロ　　　　4.　ごう

⑦ 息子は　中学生ですが、もう　170 _____　あります。
   1.　ミリ　　　　2.　センチ　　　3.　メートル　　4.　グラム

⑧ 最近　食べすぎて、　5 _____　ふとって　しまいました。
   1.　センチ　　　2.　メートル　　3.　ミリ　　　　4.　キロ

解答與題目中譯

①	②	③	④	⑤	⑥	⑦	⑧
3	1	1	2	4	2	2	4

【題目中譯】

① あさって台風<ruby>7<rt>たいふうななごう</rt></ruby>号が上陸します。
後天七號颱風會登陸。

② 豚肉を 300 グラム買ってきてください。
請幫我買 300 克的豬肉回來。

③ 彼は 3 か国語話せます。
他會說 3 國語言。

④ 空港まであと 20 キロです。
到機場還有 20 公里。

⑤ 私は靴を 30 足持っています。
我擁有 30 雙鞋子。

⑥ 今回のスピーチ大会は 3 位でした。
這次的演講比賽是第三名。

⑦ 息子は中学生ですが、もう 170 センチあります。
雖然我兒子是國中生,但已經有 170 公分。

⑧ 最近食べすぎて、5 キロ太ってしまいました。
最近吃太多,不小心胖了 5 公斤。

① 受験生たちは　ことし　＿＿＿＿　勉強して　います。
　　1. 熱心　　　　　2. 熱心で　　　　3. 熱心に　　　　4. 熱心な

② A：となりの　部屋から　にぎやかな　声＿＿＿＿　しますね。
　　B：ええ、パーティーを　している　ようですね。
　　1. を　　　　　　2. が　　　　　　3. で　　　　　　4. は

③ 何回も　＿＿＿＿、　彼女は　ぜんぜん　答えて　くれません。
　　1. 聞いたので　　2. 聞いたのに　　3. 聞けば　　　　4. 聞くと

④ 妹は　子供の頃　よくけがを　して、おや＿＿＿＿　心配させました。
　　1. を　　　　　　2. と　　　　　　3. が　　　　　　4. で

⑤ 学生「先生、この単語は　＿＿＿＿　意味ですか。」
　　先生「『右へ曲がってください』と　いう　意味ですよ。」
　　1. どう　　　　　2. どうやって　　3. どういう　　　4. どのくらい

⑥ むすめは　この１年で　10＿＿＿＿も　背が　伸びました。
　　1. センチ　　　　2. ばん　　　　　3. グラム　　　　4. ごう

⑦ このりょうりは　田中さんが　＿＿＿＿んですか。すごく　おいしいです。
　　1. つくる　　　　2. おつくり　　　3. つくれた　　　4.つくられた

⑧ ちゃんと　彼のことを　＿＿＿＿と　思います。
　　1. 信じ　　　　　2. 信じよう　　　3. 信じたら　　　4. 信じれば

⑨ このパンは　米＿＿＿＿　作られて　います。
　　1. を　　　　　　2. が　　　　　　3. に　　　　　　4. から

⑩ 両親は　料理_____　使う　野菜を　自分たちで　育てて　います。
1.　に　　　　　2.　を　　　　　3.　の　　　　　4.　も

⑪ 誕生日に　母_____　カメラを　もらいました。
1.　まで　　　　2.　から　　　　3.　からと　　　4.　までに

⑫ きょうの　会議は　15分_____　終わりました。
1.　が　　　　　2.　は　　　　　3.　も　　　　　4.　で

⑬ きのう　_____　会議の　レポートが　終わりました。
1.　ずっと　　　2.　もっと　　　3.　やっと　　　4.　きっと

⑭ 来年　アイスランドへ　オーロラを　見に　_____　つもりです。
1.　行く　　　　2.　行って　　　3.　行った　　　4.　行きたい

⑮ 山下さんは　息子_____　英語を　習わせている。
1.　を　　　　　2.　で　　　　　3.　に　　　　　4.　が

⑯ この島は　ある外国人の　研究者_____　発見されました。
1.　によって　　2.　から　　　　3.　として　　　4.　について

⑰ A：あのう、かばんが　開いて　_____よ。
　　B：あっ、本当ですね。ありがとうございます。
1.　きます　　　2.　おきます　　3.　います　　　4.　あります

⑱ 課長は　もう　おやすみに　_____。
1.　しました　　2.　なりました　3.　いました　　4.　ありました

⑲ 晩ごはんを　_____　あとで、　ゲームを　しましょう。
1.　食べる　　　2.　食べた　　　3.　食べている　4.　食べていた

⑳ A：体調が　よくないので、きょうは　_____　いただけませんか。

B：ええ、いいですよ。　お大事に。

1．休み　　　　2．休んで　　　3．休ませて　　4．休まれて

㉑ 朝は　まいにち　野菜ジュースしか　_____。

1．飲みます　　　　　　　　2．飲みません

3．飲んだほうがいいです　　　4．飲むそうです

㉒ このケーキ、_____すぎて、まだ　食べたい。

1．おいし　　　2．おいしい　　3．おいしくて　　4．おいしく

㉓ いつも　おんがくを　_____ながら、　勉強します。

1．聞いて　　　2．聞く　　　3．聞いた　　　4．聞き

解答與題目中譯

①	②	③	④	⑤	⑥	⑦	⑧
3	2	2	1	3	1	4	2
⑨	⑩	⑪	⑫	⑬	⑭	⑮	⑯
4	1	2	4	3	1	3	1
⑰	⑱	⑲	⑳	㉑	㉒	㉓	
3	2	2	3	2	1	4	

【題目中譯】

① 受験生たちは今年熱心に勉強しています。
考生們今年都很認真地在學習。

② A：隣の部屋からにぎやかな声がしますね。
從隔壁房間傳來熱鬧的聲音呢！

B：ええ、パーティーをしているようですね。
對呀！好像是在辦派對。

③ 何回も聞いたのに、彼女は全然答えてくれません。
明明問了很多次，她卻完全不回答我。

④ 妹は子供の頃よく怪我をして、親を心配させました。
妹妹在小時候經常受傷，讓父母擔心。

⑤ 学生「先生、この単語はどういう意味ですか。」
學生：「老師，這個單字是什麼意思呢？」
先生「『右へ曲がってください』という意味ですよ。」
老師：「『請往右轉』的意思喔！」

⑥ 娘はこの1年で10センチも背が伸びました。
女兒在這一年居然長高了10公分。

⑦ この料理は田中さんが作られたんですか。すごくおいしいです。

這道料理是田中小姐煮的嗎？真的很好吃。

⑧ ちゃんと彼のことを信じようと思います。

我打算好好相信他。

⑨ このパンは米から作られています。

這個麵包是用米做的。

⑩ 両親は料理に使う野菜を自分たちで育てています。

我的父母都自己種煮料理要用的蔬菜。

⑪ 誕生日に母からカメラをもらいました。

生日時母親送我相機。

⑫ 今日の会議は15分で終わりました。

今天的會議15分鐘就結束了。

⑬ 昨日やっと会議のレポートが終わりました。

昨天會議的報告總算寫完了。

⑭ 来年アイスランドへオーロラを見に行くつもりです。

我打算明年去冰島看極光。

⑮ 山下さんは息子に英語を習わせている。

山下先生讓他的兒子學英文。

⑯ この島はある外国人の研究者によって発見されました。

這座島是由某個外國研究家所發現的。

⑰ A：あのう、かばんが開いていますよ。

那個一，你的包包是開著的喔！

B：あっ、本当ですね。ありがとうございます。

啊！真的耶！謝謝你。

⑱ 課長はもうお休みになりました。

課長已經休息了。

⑲ 晩ごはんを食べたあとで、ゲームをしましょう。

吃完晚餐之後，一起打電動吧！

⑳ A：体調がよくないので、今日は休ませていただけませんか。

因為身體狀況不太好，今天能讓我請假嗎？

B：ええ、いいですよ。お大事に。

沒問題喔！請保重。

㉑ 朝は毎日野菜ジュースしか飲みません。

我每天早上只喝蔬菜汁。

㉒ このケーキ、おいしすぎて、まだ食べたい。

這個蛋糕因為太好吃，所以還想再吃。

㉓ いつも音楽を聞きながら、勉強します。

我總是一邊聽音樂一邊讀書。

第二回總複習練習

① あした　3時に　会社に　＿＿＿＿。
　　1.　ごらんになります　　　　　2.　うかがいます
　　3.　もうします　　　　　　　　4.　おめにかかります

② 荷物が　＿＿＿＿　そうですよ。　気を　つけて　ください。
　　1.　倒し　　　　2.　倒して　　　3.　倒れ　　　　4.　倒れて

③ 料理が　＿＿＿＿すぎて、　れいぞうこに　入らないよ。
　　1.　多　　　　　2.　多い　　　　3.　多く　　　　4.　多くて

④ お弁当は　こちらで　＿＿＿＿ういします。
　　1.　ご　　　　　2.　お　　　　　3.　と　　　　　4.　も

⑤ あしたは　家の　ようじが　あるので、　＿＿＿＿。
　　1.　行けないでください　　　　　2.　行けないかもしれません
　　3.　行けないほうがいいです　　　4.　行けなくてはなりません

⑥ 課長、昨日は　駅まで　＿＿＿＿、　ありがとうございました。
　　1.　送って　　　　　　　　　　　2.　送ってくださって
　　3.　送ったから　　　　　　　　　4.　送ってから

⑦ このビルを　建てる＿＿＿＿　10年は　かかりました。
　　1.　のに　　　　2.　のを　　　　3.　ので　　　　4.　のが

⑧ この会議室は　＿＿＿＿　使えますが、先に　予約しなければなりません。
　　1.　だれが　　　　2.　だれも　　　3.　だれか　　　4.　だれでも

⑨ A：あしたは　家に　いらっしゃいますか。
　　B：ええ、＿＿＿＿。
　　1.　なさいます　　2.　もうします　　3.　おります　　4.　まいります

⑩ 妹に　お菓子を　全部　＿＿＿＿。
　　1.　食べるでしょう　　　　　　　2.　食べそうです
　　3.　食べてみました　　　　　　　4.　食べられてしまいました

⑪ 自分の　会社を　作る　＿＿＿＿、　今　貯金しています。
　　1.　ために　　　2.　ように　　　3.　どうか　　　4.　ばあいは

⑫ 何回も　メールを　＿＿＿＿、どうして　返事を　くれないんですか。
　　1.　送ったのに　　　　　　　　　2.　送ったので
　　3.　送れば　　　　　　　　　　　4.　送るんですが

⑬ 雨が　ふって　いますね。タクシーを　お＿＿＿＿　しましょうか。
　　1.　呼び　　　2.　呼ぶ　　　3.　呼んで　　　4.　呼んだ

⑭ この紙には　明日の　試験で　ちゅういすることが　書いて　＿＿＿＿。
　　1.　おきます　　　2.　います　　　3.　あります　　　4.　しまいます

⑮ ABC 会社の　でんわばんごうを　＿＿＿＿ですか。
　　1.　しって　　　2.　わかって　　　3.　ごぞんじ　　　4.　ごらん

⑯ わたしの　兄は　英語も　フランス語＿＿＿＿　話すことが　できます。
　　1.　は　　　　　2.　が　　　　　3.　を　　　　　4.　も

⑰ A：もう　寝ましたか。
　　B：いいえ、まだ　＿＿＿＿。
　　1.　寝ます　　　　　　　　　　　2.　寝ています
　　3.　寝ていません　　　　　　　　4.　寝ませんでした

⑱ 木村さんは　まだ　＿＿＿＿　ばかりです。
　　1.　結婚する　　　2.　結婚した　　　3.　結婚して　　　4.　結婚しない

⑲ やくそくの　時間に　間に合う　＿＿＿＿、　早く　家を　出ます。
1. ために　　　　2. とおりに　　　3. ところで　　4. ように

⑳ 佐藤：「田中さん、今日の　昼ごはんは　何に　しますか。」
　田中：「きょうは　カレーに　＿＿＿＿と　思っています。」
1. する　　　　　2. した　　　　　3. しよう　　　　4. している

㉑ この問題は　だれに　聞いたら　いい＿＿＿＿、わかりますか。
1. のに　　　　　2. か　　　　　　3. かどうか　　　4. ので

㉒ そのことに　ついては　もう少し　＿＿＿＿　みます。
1. 考える　　　　2. 考えない　　　3. 考えた　　　　4. 考えて

㉓ この文法の　使い方は　先生に　教えて＿＿＿＿。
1. いただきました　　　　　　2. くださいました
3. やりました　　　　　　　　4. くれました

解答與題目中譯

①	②	③	④	⑤	⑥	⑦	⑧
2	3	1	1	2	2	1	4
⑨	⑩	⑪	⑫	⑬	⑭	⑮	⑯
3	4	1	1	1	3	3	4
⑰	⑱	⑲	⑳	㉑	㉒	㉓	
3	2	4	3	2	4	1	

【題目中譯】

① 明日3時に会社に伺います。
明天 3 點會去您公司拜訪。

② 荷物が倒れそうですよ。気をつけてください。
行李看起來快要倒了。請小心。

③ 料理が多すぎて、冷蔵庫に入らないよ。
料理太多，放不進冰箱喔！

④ お弁当はこちらでご用意します。
便當我們會準備。

⑤ 明日は家の用事があるので、行けないかもしれません。
因為明天家裡有事，或許無法去。

⑥ 課長、昨日は駅まで送ってくださって、ありがとうございました。
課長，謝謝您昨天送我到車站。

⑦ このビルを建てるのに10年はかかりました。
蓋這棟大樓至少花了 10 年。

⑧ この会議室はだれでも使えますが、先に予約しなければなりません。

雖然這間會議室任何人都可以使用，但必須要先預約。

⑨ A：明日は家にいらっしゃいますか。

明天您會在家嗎？

B：ええ、おります。

是，我會在家。

⑩ 妹にお菓子を全部食べられてしまいました。

我被妹妹吃了所有的餅乾。

⑪ 自分の会社を作るために、今貯金しています。

為了要創立自己的公司，現在正在存錢。

⑫ 何回もメールを送ったのに、どうして返事をくれないんですか。

我明明寄了很多次的 E-mail，你怎麼都不回覆我呢？

⑬ 雨が降っていますね。タクシーをお呼びしましょうか。

正在下雨呢！要不要給您叫計程車呢？

⑭ この紙には明日の試験で注意することが書いてあります。

這張紙上寫著明天在考試上需要注意的事情。

⑮ ABC 会社の電話番号をご存知ですか。

您知道 ABC 公司的電話號碼嗎？

⑯ わたしの兄は英語もフランス語も話すことができます。

我的哥哥會說英文也會說法文。

⑰ A：もう寝ましたか。

已經睡了嗎？

B：いいえ、まだ寝ていません。

不，還沒有睡。

⑱ 木村さんはまだ結婚したばかりです。

木村小姐才剛結婚不久。

⑲ 約束の時間に間に合うように、早く家を出ます。

為了要趕上約定的時間，所以會早點出門。

⑳ 佐藤：「田中さん、今日の昼ごはんは何にしますか。」

佐藤：「田中小姐，今天的午餐要吃什麼呢？」

田中：「今日はカレーにしようと思っています。」

田中：「今天我打算吃咖哩。」

㉑ この問題はだれに聞いたらいいか、わかりますか。

你知道這個問題要問誰才好呢？

㉒ そのことについてはもう少し考えてみます。

關於那件事情，我會再想看看。

㉓ この文法の使い方は先生に教えていただきました。

我請老師告訴我這個文法的使用方式。

N4 文法 20 天必考攻略 / 金子祐己 Yumi 著 . -- 初版 .
-- 臺北市 : 日月文化出版股份有限公司 , 2024.10
144 面 ; 19×25.7 公分 . -- (EZ Japan 檢定 ; 46)
ISBN 978-626-7516-33-1 (平裝)

1.CST: 日語　2.CST: 語法　3.CST: 能力測驗
803.189　　　　　　　　　　　　113012274

EZ Japan檢定／46

N4文法20天必考攻略（附考前衝刺規劃手帳）

作　　　者	：	金子祐己 Yumi
編　　　輯	：	邱以瑞
校　　　對	：	金子祐己 Yumi、邱以瑞
封 面 設 計	：	李盈儒
內 頁 排 版	：	李盈儒、簡單瑛設
行 銷 企 劃	：	張爾芸

發 行 人	：	洪祺祥
副 總 經 理	：	洪偉傑
副 總 編 輯	：	曹仲堯
法 律 顧 問	：	建大法律事務所
財 務 顧 問	：	高威會計師事務所

出　　　版	：	日月文化出版股份有限公司
製　　　作	：	EZ 叢書館
地　　　址	：	臺北市信義路三段 151 號 8 樓
電　　　話	：	(02) 2708-5509
傳　　　真	：	(02) 2708-6157
客 服 信 箱	：	service@heliopolis.com.tw
網　　　址	：	www.heliopolis.com.tw
郵 撥 帳 號	：	19716071 日月文化出版股份有限公司

總 經 銷	：	聯合發行股份有限公司
電　　　話	：	(02) 2917-8022
傳　　　真	：	(02) 2915-7212

印　　　刷	：	中原造像股份有限公司
初　　　版	：	2024 年 10 月
定　　　價	：	310 元
I S B N	：	978-626-7516-33-1

規 劃 表 總 覽

學習日期	學習章節	學習完畢	備註
／	Day1｜動詞ます	☐	
／	Day2｜動詞て形（1）	☐	
／	Day3｜動詞て形（2）	☐	
／	Day4｜動詞字典形 (原形)	☐	
／	Day5｜動詞ない形	☐	
／	Day6｜動詞た形、動詞なかった形	☐	
／	Day7｜接普通形的句型	☐	
／	Day8｜用修飾名詞方式接的句型	☐	
／	Day9｜條件ば形、命令形、禁止形、意向形	☐	
／	Day10｜可能形、被動形、使役形	☐	
／	Day11｜尊敬語、謙讓語	☐	
／	Day12｜N4 必懂「代名詞」及「連接詞」用法	☐	
／	Day13｜N4 必懂「副詞」用法（一）	☐	
／	Day14｜N4 必懂「副詞」用法（二）	☐	
／	Day15｜N4 必懂「助詞」用法（一）	☐	
／	Day16｜N4 必懂「助詞」用法（二）	☐	
／	Day17｜N4 必懂「助詞」用法（三）	☐	
／	Day18｜N4 必懂「數量詞」	☐	
／	Day19｜第一回總複習練習	☐	
／	Day20｜第二回總複習練習	☐	

Day1 動詞ます

今日から一緒に頑張ろうね！ポジティブな気持ちで、自信を
持って挑戦しよう！

從今天開始一起努力！懷著積極的心情，帶著自信地去挑戰吧！

時間表

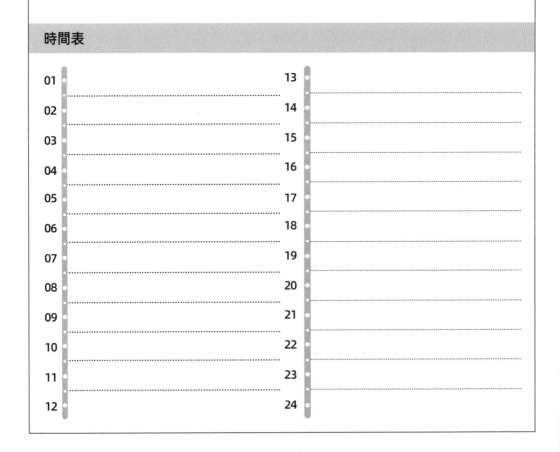

01		13	
02		14	
03		15	
04		16	
05		17	
06		18	
07		19	
08		20	
09		21	
10		22	
11		23	
12		24	

Day2 動詞て形（1）

ちい　　　どりょく　　おお　　　せいか
小さな努力が大きな成果に。

小小的努力會帶來巨大的成果。

時間表

01		13	
02		14	
03		15	
04		16	
05		17	
06		18	
07		19	
08		20	
09		21	
10		22	
11		23	
12		24	

Day3 動詞て形（2）

あきら
諦めないで、頑張り続けることが大事。

不放棄，持續堅持是很重要的。

時間表

01		13	
02		14	
03		15	
04		16	
05		17	
06		18	
07		19	
08		20	
09		21	
10		22	
11		23	
12		24	

Day4 動詞字典形（原形）

學習日期： ／	目標結束日： ／	☐ ☐

じぶん しん まえ すす
自分を信じて前に進もう。

相信自己，向前邁進吧！

時間表

01	13
02	14
03	15
04	16
05	17
06	18
07	19
08	20
09	21
10	22
11	23
12	24

Day5 動詞ない形

學習日期： /	目標結束日： /	☐ ☐

一歩一歩が大切です。
<small>いっぽ いっぽ たいせつ</small>

一步一步往前走是很重要的。

時間表

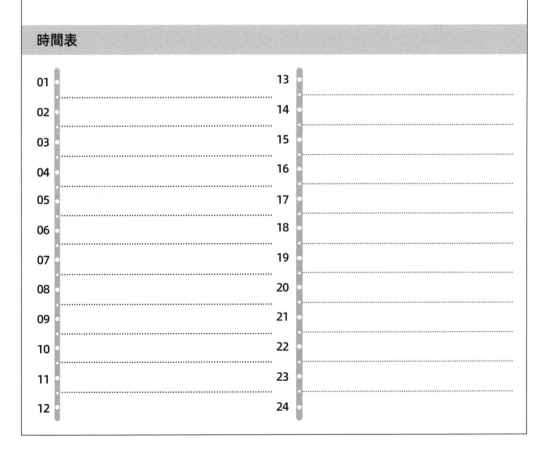

01
02
03
04
05
06
07
08
09
10
11
12

13
14
15
16
17
18
19
20
21
22
23
24

Day6 動詞た形、動詞なかった形

學習日期： ／	目標結束日： ／	☐
		☐

けいぞく　ちから　　　　　ゆめ　む　　　　ぜんりょく
継続は 力 なり！夢に向かって全力で！

堅持就是力量！全力向夢想前進！

時間表

01		13	
02		14	
03		15	
04		16	
05		17	
06		18	
07		19	
08		20	
09		21	
10		22	
11		23	
12		24	

Day7 接普通形的句型

學習日期： ／	目標結束日： ／	☐ ☐

今日も一歩前進！頑張ろう！
_{きょう　いっぽ ぜんしん　がんば}

今天也要前進一步！加油！

時間表

01	13
02	14
03	15
04	16
05	17
06	18
07	19
08	20
09	21
10	22
11	23
12	24

Day8 用修飾名詞方式接的句型

學習日期： /	目標結束日： /	☐
		☐

いちにち いっぽ かくじつ
一日一歩、確実に。

一天一步，踏實前進。

時間表

01	13
02	14
03	15
04	16
05	17
06	18
07	19
08	20
09	21
10	22
11	23
12	24

Day9 條件ば形、命令形、禁止形、意向形

學習日期： /	目標結束日： /	☐ ☐

困難も成長のチャンス。
<small>こんなん</small> <small>せいちょう</small>

困難也是成長的機會。

時間表

01	13
02	14
03	15
04	16
05	17
06	18
07	19
08	20
09	21
10	22
11	23
12	24

Day10 可能形、被動形、使役形

続けるからこそ得られるものがある。

有些東西正是因為堅持才能得到的。

時間表

01	13
02	14
03	15
04	16
05	17
06	18
07	19
08	20
09	21
10	22
11	23
12	24

Day11 尊敬語、謙讓語

學習日期： /	目標結束日： /	☐ ☐

未来はあなたの手の中に！

未來掌握在你手中！

時間表

01		13	
02		14	
03		15	
04		16	
05		17	
06		18	
07		19	
08		20	
09		21	
10		22	
11		23	
12		24	

Day12 N4 必懂「代名詞」及「連接詞」用法

學習日期： ／	目標結束日： ／	☐ ☐

成長を楽しんでいこう！
せいちょう たの

享受成長的過程吧！

時間表

01	....	13	....
02	....	14	....
03	....	15	....
04	....	16	....
05	....	17	....
06	....	18	....
07	....	19	....
08	....	20	....
09	....	21	....
10	....	22	....
11	....	23	....
12	....	24	....

Day13 N4 必懂「副詞」用法（一）

學習日期： ／	目標結束日： ／	☐ ☐

自分に挑戦し続けて、夢を叶えよう！
<small>じ ぶん　ちょうせん　つづ　　　　　ゆめ　かな</small>

持續挑戰自己，實現夢想吧！

時間表

01	13
02	14
03	15
04	16
05	17
06	18
07	19
08	20
09	21
10	22
11	23
12	24

Day14 N4 必懂「副詞」用法 (二)

學習日期： /	目標結束日： /	☐ ☐

努力は必ず実を結ぶよ。今日も一緒に頑張ろう！

努力一定會有結果。今天也一起加油吧！

時間表

01		13	
02		14	
03		15	
04		16	
05		17	
06		18	
07		19	
08		20	
09		21	
10		22	
11		23	
12		24	

Day15 N4 必懂「助詞」用法（一）

學習日期： ／	目標結束日： ／	☐ ☐

あなたならできる！応援^{おうえん}しているよ！

你一定做得到！我為你加油！

時間表

01		13		
02		14		
03		15		
04		16		
05		17		
06		18		
07		19		
08		20		
09		21		
10		22		
11		23		
12		24		

Day16 N4 必懂「助詞」用法（二）

學習日期： ／	目標結束日： ／	☐ ☐

えがお まえ む すす
笑顔で前を向いて進んでいこう！

帶著笑容，向前邁進吧！！

時間表

01		13	
02		14	
03		15	
04		16	
05		17	
06		18	
07		19	
08		20	
09		21	
10		22	
11		23	
12		24	

Day17 N4 必懂「助詞」用法（三）

學習日期： ／	目標結束日： ／	☐ ☐

<ruby>小<rt>ちい</rt></ruby>さな<ruby>達成感<rt>たっせいかん</rt></ruby>を<ruby>大切<rt>たいせつ</rt></ruby>に。

珍惜小小的成就感。

時間表

01	13
02	14
03	15
04	16
05	17
06	18
07	19
08	20
09	21
10	22
11	23
12	24

Day18 N4 必懂「數量詞」

學習日期： /	目標結束日： /	☐ ☐

まいにち　つ　かさ　たいせつ
毎日の積み重ねが大切！

每天的積累是很重要！

時間表

01	13
02	14
03	15
04	16
05	17
06	18
07	19
08	20
09	21
10	22
11	23
12	24

Day19 第一回總複習練習

學習日期： ／	目標結束日： ／	

困難を乗り越えて、更に成長した自分へ！

跨越困難朝著更加成長的自己前進。

時間表

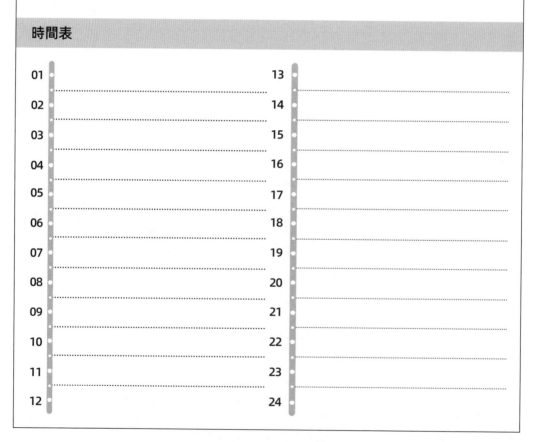

01	13
02	14
03	15
04	16
05	17
06	18
07	19
08	20
09	21
10	22
11	23
12	24

Day20 第二回總複習練習

學習日期： /	目標結束日： /	☐ ☐

お疲れ様でした。あなたの努力を誇りに思っています。自分を
褒めてあげてね。更なる成長を楽しみにしています。

辛苦你了！我為你的努力感到自豪。好好表揚自己喔！期待你更近一
步的成長。

時間表

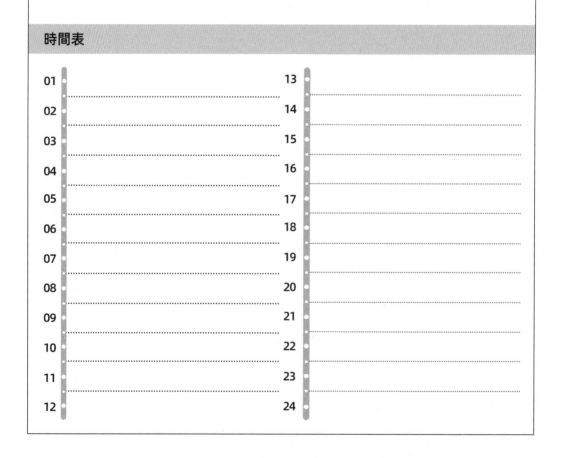

01	13
02	14
03	15
04	16
05	17
06	18
07	19
08	20
09	21
10	22
11	23
12	24